George MacDonald

A chave DOURADA e outros contos

Tradução
Mayra Csatlos

Principis

Esta é uma publicação Principis, selo exclusivo da Ciranda Cultural
© 2021 Ciranda Cultural Editora e Distribuidora Ltda.

Traduzido do original em inglês
*The light princess and other fairy stories*

Produção editorial
Ciranda Cultural

Texto
George MacDonald

Diagramação
Linea Editora

Editora
Michele de Souza Barbosa

Design de capa
Imaginare Studio

Tradução
Mayra Csatlos

Imagens
Floresta e faixa desenhadas por Freepik;
Annakonchits/freepik.com;
Silvector/freepik.com;
Macrovector/br.freepik.com;

Preparação
Mirtes Ugeda Coscodai

Revisão
Catrina do Carmo

Dados Internacionais de Catalogação na Publicação (CIP) de acordo com ISBD

| M135 | MacDonald, George |
|---|---|
| | A chave dourada e outros contos / George MacDonald; traduzido por Mayra Csatlos. - Jandira, SP : Principis, 2021. |
| | 128 p. ; 15,50cm x 22,60cm. (Clássicos da literatura mundial). |
| | Título original: The light princess and other fairy stories |
| | ISBN: 978-65-5552-675-2 |
| | 1. Literatura inglesa. 2. Fantasia. 3. Realeza. 4. Contos de fada. I. Csatlos, Mayra. II. Título. |
| 2021-0224 | CDD 823.91<br>CDU 821.111-3 |

Elaborado por Lucio Feitosa - CRB-8/8803

Índice para catálogo sistemático:
1. Literatura inglesa : 823.91
2. Literatura inglesa : 821.111-3

1ª edição em 2021
www.cirandacultural.com.br
Todos os direitos reservados.
Nenhuma parte desta publicação pode ser reproduzida, arquivada em sistema de busca ou transmitida por qualquer meio, seja ele eletrônico, fotocópia, gravação ou outros, sem prévia autorização do detentor dos direitos, e não pode circular encadernada ou encapada de maneira distinta daquela em que foi publicada, ou sem que as mesmas condições sejam impostas aos compradores subsequentes.

Esta obra reproduz costumes e comportamentos da época em que foi escrita.

# A chave
# DOURADA
# e outros contos

# Sumário

A princesa etérea .................................................................... 7
    1. O quê? Nenhum filho? ........................................... 7
    2. Sou a única que não vai? ....................................... 8
    3. Ela não pode ser a nossa filha ............................. 10
    4. Onde ela está? ........................................................ 12
    5. Então, o que faremos? ......................................... 15
    6. Ela ri demais ......................................................... 18
    7. Tente a metafísica ................................................ 21
    8. Tente uma gota-d'água ....................................... 26
    9. Coloque-me de volta ........................................... 31
    10. Olhe para a lua ................................................... 37
    11. SSS! ...................................................................... 41
    12. Onde está o príncipe? ....................................... 46
    13. Aqui estou eu ..................................................... 49
    14. Quanta gentileza de sua parte ......................... 52
    15. Olhe a chuva! ..................................................... 59

O coração do gigante ........................................................ 63

A chave dourada ................................................................ 91

# A princesa etérea

## 1
## O quê? Nenhum filho?

Era uma vez, há tanto tempo que já nem me lembro ao certo, havia um rei e uma rainha que não tinham filhos.

E o rei dizia a si mesmo: "Todas as rainhas que conheço têm filhos, algumas têm três, sete, e outras até doze, mas a minha rainha não tem sequer um filho. Sinto-me frustrado." Ele ficou furioso com a esposa, no entanto, ela encarou a situação com tranquilidade, pois era uma rainha boa e paciente, e, diante disso, o rei ficou ainda mais bravo com ela. E a rainha fingiu que encarava a situação como se fosse uma piada, uma piada da boa!

– Você podia, pelo menos, me dar filhas! Que tal? – perguntou ele. – E nem digo *filhos*, pois seria exigir demais de você.

– Claro, querido rei, desculpe-me – disse a rainha.

– É assim que deve ser – respondeu o rei –, tenho certeza de que entende meu desejo.

Ele não era um rei mal-humorado, e, em qualquer situação de menor urgência, permitiria com todo o seu coração que a rainha fizesse o que quisesse. Entretanto, este era um assunto de estado.

A rainha sorriu e falou docemente:

– Você precisa ter paciência com as mulheres, você bem sabe, meu querido rei.

Ela era, de fato, uma ótima rainha e lamentava-se muito por não conseguir satisfazer os desejos do rei e fazê-lo plenamente feliz.

O rei tentou ser paciente, mas não foi bem-sucedido nessa empreitada, e insistia no pedido sempre que encontrava a rainha. Então, finalmente, a rainha deu-lhe uma filha, uma princesinha adorável e chorona como jamais se tinha visto antes.

## 2
### Sou a única que não vai?

O dia do batismo da criança se aproximava rapidamente, e o rei redigiu todos os convites de próprio punho. Mas, obviamente, tomado pela euforia e pela pressa, mesmo sem intenção, acabou se esquecendo de convidar alguém.

Na verdade, em geral, não há muitos problemas se alguém é esquecido, mas, infelizmente, o rei se esqueceu de convidar a princesa Makemnoit, e isso foi realmente um azar, porque ela era a irmã do rei! Se é que havia justificativa para o esquecimento de alguém por parte de um rei, este, no entanto, foi perdoado mesmo que o evento fosse um batismo. A princesa vivia dentro do sótão do castelo, era uma pessoa bastante desagradável, e a relação entre os irmãos era bastante ruim, mas ainda assim esse esquecimento foi muito estranho.

Ela era uma criatura amarga e vingativa, e tinha uma aparência sinistra. As rugas de desprezo se uniam às rugas de cólera, e tudo se tornava um emaranhado de rugas, como um punhado de manteiga remexida. Sua testa era tão grande quanto o resto de seu rosto, e projetada para frente. Quando estava brava, seus pequenos olhos refletiam uma luz azul; quando detestava alguém, eles reluziam luzes amarelas e verdes. De que cor eles ficavam quando ela amava alguém, isso eu não sei, pois nunca se soube de alguém que ela amasse, exceto ela mesma, e somente ela de algum modo se acostumaria com o seu próprio jeito. Mas a imprudência do rei ao esquecê-la revelou-se muito perigosa, pois a princesa era extremamente sagaz. Na realidade, ela era a mais maligna de todas as fadas e a mais esperta também. Quando a princesa enfeitiçava alguém, o rei rapidamente descobria, pois seus feitiços eram muito cruéis, e ela desprezava todos os métodos usados ao longo da história pelos quais fadas e bruxas ofendidas se vingavam. Após uma espera inútil pelo convite do irmão, ela decidiu comparecer ao batizado mesmo sem ser chamada e, então, chatear toda a família como princesa que era.

Ela colocou seu melhor vestido e dirigiu-se ao palácio, onde foi gentilmente recebida pelo feliz monarca, aquele que se esqueceu de que a havia esquecido, e ocupou seu lugar na procissão até a capela real. Assim que todos se reuniram ao redor da fonte, ela se aproximou e lançou algo na água. Em seguida, manteve uma postura respeitável até que o rosto da criança foi banhado com a água benta da fonte e, neste mesmo instante, ela rodopiou três vezes e murmurou as seguintes palavras em alto e bom som para todos aqueles que estavam próximos a ela:

*Eu lhe lanço este malfeito,*
*Corpo e alma como o vento,*
*Entusiasmo sem defeito, –*
*Aos seus pais, dor e tormento!*

Todos pensaram que ela havia enlouquecido e que repetia uma rima tola e infantil, mas, em seguida, todos os convidados sentiram um calafrio. A bebê, pelo contrário, pôs-se a rir e gritar enquanto sua babá se assustou e deu um grito abafado, pois pensou que estava paralisada e não conseguia sentir a criança em seus braços, então a agarrou com toda a sua força e não disse mais nada.

A feitiçaria estava consumada.

## 3
## Ela não pode ser a nossa filha

A tia atroz havia privado a criança de todo o seu peso. Se me perguntar como isso foi possível, aqui respondo: "da forma mais fácil que há no mundo. Ela apenas teve que destruir a gravidade". A princesa era uma filósofa e conhecia tão bem os detalhes sobre as leis da gravidade quanto conhecia o cadarço das próprias botas. Na condição de bruxa, ela era capaz de anular aquelas leis em um instante, ou pelo menos, obstruí-las e enferrujá-las para que deixassem de funcionar. Porém, importa-nos mais saber o que sucedeu do que como isso aconteceu.

A primeira coisa estranha que resultou desta infeliz privação foi que, no momento em que a babá começou a balançar a bebê para cima e para baixo na tentativa de acalmá-la, ela voou dos seus braços na direção do teto. Felizmente, a resistência do ar a fez parar a poucos centímetros do teto, e lá ela permaneceu na mesma posição horizontal que deixou os braços da babá, porém, chutava e ria incrivelmente. A babá, aterrorizada, tocou o sino e implorou que o empregado, o qual respondeu ao chamado, trouxesse a escada imediatamente. Tremendo muito, ela subiu cada degrau e teve de ficar bem no topo da escada e, então, esticou-se para alcançar o rabicho das roupas esvoaçantes da bebê.

Quando a notícia se espalhou, houve uma comoção terrível no palácio. O rei descobriu o ocorrido em uma repetição da experiência anterior com a babá. Ele ficou estupefato quando colocaram a bebê em seus braços, e ele não pôde sentir seu peso. Então, começou a balançá-la, e ela subiu lentamente até o teto, como antes, e ficou lá, flutuando em total conforto e satisfação, o que era confirmado pelo som de seu riso de bebê. O rei permaneceu em pé, estupefato, e tremia de modo que a barba se agitava como se fosse grama soprada pelo vento. Ao final, dirigiu-se à rainha, que estava tão horrorizada quanto ele, e disse, quase sem ar, com o olhar penetrante e a voz vacilante:

– Esta não pode ser a nossa filha, rainha!

A rainha estava muito atenta a tudo que acontecia ali e suspeitou que a menina estivesse sob feitiço provocado por alguém.

– Tenho certeza de que ela é nossa filha – respondeu –, mas devíamos ter sido mais cuidadosos com ela em seu batismo. Pessoas que não foram convidadas não deveriam estar presentes.

– Oh, não! – exclamou o rei, batendo em sua própria testa com a palma da mão. – Já entendi tudo! Eu descobri o que houve. Você não notou? A princesa Makemnoit a enfeitiçou!

– É exatamente o que imaginei – respondeu a rainha.

– Desculpe, minha querida, não a ouvi. John, traga a escada que uso para subir no meu trono! – Ele era um pequeno rei que ocupava um grande trono, como muitos outros reis.

A escada foi trazida e colocada sobre a mesa de jantar. John subiu no topo da escada, mas ainda assim não alcançava a princesinha, que estava pairada no ar como uma nuvem envolta em risos de bebê, gargalhando sem parar.

– Tente com esse pegador, John – disse a Majestade e, ao subir na mesa, entregou a ele o objeto.

John conseguiu alcançar a bebê e, então, a princesinha foi devolvida para os braços da mãe.

# 4
## Onde ela está?

Em um belo dia de verão, um mês após suas primeiras aventuras, tempo durante o qual foi cuidadosamente observada, a princesa estava deitada na cama da rainha e adormeceu rapidamente. Uma das janelas estava aberta, pois era meio-dia, e o dia estava tão abafado que a garotinha estava envolvida em nada menos etéreo do que a própria sonolência. A rainha foi ao quarto e sem perceber que a bebê estava em sua cama, abriu outra janela. Um vento de fada brincalhona, à espreita de uma travessura, entrou pela mesma janela, pairou sobre a cama onde a criança dormia, e então a levantou. Ela rolou e flutuou como se fosse uma penugem ou um dente-de-leão, e o vento a carregou pela janela à frente, para o exterior do palácio. A rainha, após poucos minutos, saiu do quarto, sem nem mesmo perceber que havia ocasionado o sumiço da própria filha com a abertura daquela janela.

Quando a babá voltou, imaginou que Sua Majestade havia carregado a criança consigo, e com medo de ser repreendida, demorou a perguntar sobre a menina. Mas, por causa do silêncio, ela ficou aflita e foi ao vestiário da rainha, onde encontrou Sua Majestade.

– Com licença, Vossa Majestade, posso levar a bebê? – perguntou a babá.

– Onde ela está? – perguntou a rainha.

– Desculpe-me, por favor! Sei que errei...

– Do que está falando? – perguntou a rainha com a feição séria.

– Não me assuste, Vossa Majestade! – exclamou a babá, cruzando as mãos, como em uma prece.

A rainha notou que havia algo errado e caiu desmaiada para trás. A babá correu pelo palácio gritando:

– Minha bebê! Minha bebê!

Logo notaram que a princesinha estava desaparecida e, por um instante, o palácio pareceu uma verdadeira colmeia de abelhas em um jardim. No minuto seguinte, a rainha recuperou a consciência e, ainda apavorada, deu um grande berro e bateu palmas na intenção de chamar algum empregado. Encontraram a princesinha dormindo embaixo de um arbusto de rosas para onde o vento brincalhão a tinha carregado, a pequena garota branca e adormecida estava envolta em pétalas de rosas vermelhas. Assustada com a barulheira dos empregados, ela acordou. Em um ímpeto de felicidade, ela espalhou as pétalas por toda parte, como o cair de uma garoa em meio ao pôr do sol.

Ela foi vigiada com todo o rigor após este dia, sem dúvida, porém, há uma lista infinita de incidentes estranhos que resultaram desta característica peculiar da jovem princesa. No entanto, jamais existiu outro bebê em uma casa, muito menos em um palácio, que tenha mantido os empregados tão bem-humorados. Embora não fosse fácil que as babás a segurassem, pelo menos, seus braços e corações eram poupados. E era tão legal brincar de bola com ela! Não havia perigo em deixá-la cair! Eles a jogavam para baixo, a empurravam ou até a lançavam na direção do chão. É verdade! Eles podiam até deixá-la sobrevoar o fogo ou um buraco cheio de carvão ou então atravessar uma janela, porque nenhum acidente jamais havia ocorrido.

Se ouvissem gargalhadas ressoando pela casa, eles tinham certeza do motivo. Ao descer até a cozinha, ou ao quarto, certamente encontrariam Jane e Thomas, Robert e Susan, todos reunidos, brincando de bola com a princesinha. Na verdade, ela era a própria bola, e nem por isso deixava de se divertir. Ela voava para longe, passando de uma pessoa a outra, rindo sem parar. E os empregados amavam a "bola" mais do que o próprio jogo, mas tinham de tomar certos cuidados ao arremessá-la, pois se subisse demais, poderia nunca mais ser recuperada.

## 5
## Então, o que faremos?

No entanto, no andar superior, longe dos empregados, as coisas eram diferentes. Certo dia, por exemplo, o rei foi até o escritório para contar seu dinheiro, uma atividade não lhe dava nenhum prazer.

"E pensar", dizia ele para a si mesmo, "que cada uma dessas moedas de ouro pesa um quarto de uma libra e a minha princesa, que é real, viva, e de carne e osso, não pesa absolutamente nada!" Ele odiava as suas moedas de ouro, pois elas pareciam transparecer um sorriso amplo de satisfação em seus rostos dourados.

A rainha estava no salão, comendo pão com mel, mas, na segunda mordida, ela começou a chorar e não conseguia mais comer. O rei pôde ouvir seus prantos. Insatisfeito com as pessoas, especialmente com a sua rainha, com quem brigava muito, ele jogou as moedas de ouro na caixa de dinheiro, ajustou a coroa sobre a cabeça e correu na direção do salão.

– O que está havendo aqui? – gritou ele. – Por que está chorando, rainha?

– Não consigo comer – ela respondeu enquanto olhava arrependida para o pote de mel.

– Não é de se estranhar! – comentou o rei. – Você comeu muito no café da manhã, devorou dois ovos de peru e três anchovas!

– Não é isso! – resmungou Sua Majestade. – É a minha filha, minha filha!

– E qual é o problema com a sua filha? Ela não está em cima da chaminé, tampouco no fundo do poço. Ouça seu riso, ela está bem!

– No entanto, o rei não conseguiu deixar de suspirar com tristeza, e então tossiu para disfarçar, dizendo o seguinte: – É certamente muito bom ter o temperamento leve, seja ela a nossa filha ou não.

– Pois é, o problema é ter a cuca leve e cheia de vento! – respondeu a rainha como se fosse um profeta, com o olhar ao longe.

– É bom ter o toque leve das mãos... – disse o rei.

– Mas é péssimo ter *as mãos leves*... – replicou a rainha.

– É bom ter os pés ágeis e leves... – disse o rei.

– Mas é péssimo... – começou a rainha, mas foi interrompida antes mesmo de terminar a frase.

– Na realidade – disse o rei, com o tom de voz como se concluísse um argumento contestado apenas por adversários imaginários, do qual se saiu triunfante –, ter o corpo leve, em geral, é uma coisa boa.

– Mas ter a mente leve e tola é uma coisa péssima! – respondeu a rainha, a qual começou a perder sua paciência.

Esta última resposta desconsertou o rei, o qual deu meia-volta e caminhou da direção de seu escritório, mas mal chegou ao meio do caminho e novamente ouviu a voz de sua rainha.

– E claro, é péssimo ter cabelos claros! – gritou, determinada a continuar a discussão agora que seus ânimos haviam sido atiçados.

Os cabelos da rainha eram negros como a noite. No entanto, os cabelos do rei eram claros como o dia quando ele era jovem, assim como os cabelos da princesinha. Mas não foi o comentário sobre o cabelo que o irritou, mas o uso duplo da palavra "claro". Pois o rei detestava todo tipo de gracejos e, sobretudo, trocadilhos com as palavras. Além disso, não estava "claro" se a rainha se referia à tonalidade de suas madeixas ou ao fato não estar "claro" se a princesinha era sua legítima herdeira. Ele já esperava que ela estivesse exasperada.

Então, ele deu meia-volta e uniu-se a ela mais uma vez. Ela ainda estava brava, pois sabia que estava errada ou, o que era praticamente o mesmo, sabia o que ele voltava para lhe criticar.

– Minha querida rainha – disse ele –, a ambiguidade de qualquer tipo é excessivamente questionável entre duas pessoas casadas de qualquer classe, pior ainda entre reis e rainhas. Ambiguidade ainda mais questionável é aquela que assume a forma de trocadilho!

– Querido – disse a rainha –, eu nunca fiz nenhuma brincadeira. Sou a mulher mais infeliz do mundo!

Ela tinha o olhar tão pesaroso que o rei a abraçou, e os dois se sentaram para conversar.

– Você suporta isso? – questionou o rei.

– Não, eu não suporto – respondeu a rainha.

– Então, o que faremos? – indagou o rei.

– Não tenho a menor ideia – respondeu a rainha. – Que tal pedir desculpas?

– Você acha que devo me desculpar com minha irmã mais velha? – perguntou o rei.

– Sim – replicou a rainha.

– Bem, eu não me importaria – disse o rei.

Na manhã seguinte, ele se dirigiu à casa da princesa, pediu-lhe desculpas e, com toda a sua humildade, implorou a ela que desfizesse o feitiço. Entretanto, a princesa declarou, com a feição austera, que ela não tinha nada a ver com aquilo. Seus olhos, no entanto, reluziram uma luz cor-de-rosa, que era um sinal de que ela estava feliz. Ela aconselhou o rei e a rainha que ambos tivessem paciência e que se comportassem melhor. O rei retornou ao palácio inconsolável, e a rainha tentou reconfortá-lo.

– Vamos esperar até que ela cresça. Ela mesma pode encontrar uma solução. Ela saberá como se sente e, então, poderá nos explicar.

– Mas e se ela se casar? – questionou o rei, visivelmente consternado diante daquela ideia.

– E o que tem isso? – replicou a rainha. – Pense! Se ela tiver filhos, dentro de cem anos o ar terá tantas crianças flutuantes quanto teias de aranha no outono! Não é problema nosso – continuou a rainha. – Além disso, quando isso ocorrer, eles terão aprendido a se virar lá em cima.

Um suspiro foi a única resposta proferida pelo rei.

Ele desejava marcar uma consulta com os médicos da corte, mas tinha medo de que tentassem fazer experimentos com a criança.

# 6
## Ela ri demais

Enquanto isso, apesar dos acontecimentos estranhos e da tristeza em que viviam os pais, a princesinha ria e crescia. Não era gorda, mas alta e rechonchuda. Ela tinha dezessete anos e não tinha sofrido nenhum acidente pior do que um arranhão em uma chaminé. Um pequeno pássaro maltrapilho que cuidava de seu ninho a resgatou, e além de fama, ele ganhou uma cara enfumaçada.

Devido à sua mente despreocupada, a princesa não fazia nada além de rir para tudo e todos que vinham em sua direção. Quando lhe contaram que pelo bem da ciência o general Clanrunfort havia sido esquartejado ao lado de suas tropas, ela gargalhou. Quando descobriu que o inimigo estava a caminho para sitiar a capital do próprio pai, a garota riu muito, e quando lhe contaram que a cidade seria abandonada à misericórdia do exército inimigo, ela riu de maneira desmedida. Ela nunca havia compreendido a seriedade de nada. Quando a própria mãe chorou, ela lhe disse:

– Que cara estranha você está fazendo, mamãe. E está soltando água pelas bochechas! Como você é engraçada!

Quando seu pai lhe deu uma bronca, ela começou a rir, dançar e girar ao redor dele enquanto batia palmas e gritava:

– Faz de novo, papai! Faz de novo! É tão engraçado! Querido papai, você é cômico!

E se ele tentava pegá-la, ela escorregava em um instante, sem um pingo de medo, pensando que não ser pega fazia parte da brincadeira. Com um único impulso dos pés, ela flutuava pelos ares sobre a cabeça do pai, ou então, começava a dançar para trás, para a frente e para os lados, como uma grande borboleta. Isso aconteceu diversas vezes enquanto os pais obtinham conselhos privados sobre a garota e então eram interrompidos por acessos de riso cuidadosamente reprimidos acima suas cabeças. Ao olharem para cima indignados, viam-na flutuando pelos ares, logo acima deles, enquanto ela os encarava com uma expressão cômica de apreciação daquela cena.

Certo dia, um acidente estranho ocorreu. A princesa havia subido no gramado com uma das empregadas, que a segurava pela mão. Espiando o pai, do outro lado do gramado, ela soltou a mão da empregada e voou em direção a ele. Quando queria brincar sozinha, ela tinha o costume de segurar uma pedra em cada uma das mãos para que pudesse descer novamente depois de um salto. Nada que ela vestisse tinha efeito nesse sentido: mesmo que fosse ouro, quando o objeto se tornava parte de seu corpo, perdia o peso durante aquele período de tempo. Mas independente do que ela segurasse em suas mãos, o objeto mantinha a tendência à descida. Nesta ocasião, ela não via nada que pudesse segurar, exceto um sapo enorme que caminhava pelo gramado lentamente como se tivesse cem anos para percorrer aquele pequeno trajeto. Sem hesitar, ela o apanhou e saltou. Ela estava prestes a alcançar o pai que estava de braços abertos para recebê-la e dar-lhe um beijo, enquanto ela voava como uma borboleta acima de um botão de rosa, quando um sopro de vento a bafejou para os braços de um jovem cavalheiro que havia há pouco recebido uma mensagem de Sua Majestade. Não era novidade que, a princesa, uma vez que estivesse no meio de uma atividade, precisava de tempo e esforço para deter seus movimentos. Nesta ocasião, não houve tempo. Ela chocou-se com o rapaz e, na tentativa de parar seu movimento e se aprumar, seus lábios se encontraram em um breve beijo. Ela não se importou muito, pois não sabia o que era timidez e sabia, sobretudo, que não poderia ter evitado aquela situação. Então, ela apenas riu, e sua risada era doce como a de uma caixinha de música. O pobre cavalheiro, em contrapartida, temeu o pior. Pois a princesa, ao tentar corrigir a infeliz aterrissagem, colocou as mãos à frente de seu rosto para impedir aquilo, mas, além do beijo, ele ainda recebeu, na outra bochecha, uma bofetada com o sapo preto que ela carregava nas mãos, e que atingiu seu olho. Ele tentou rir também, mas a tentativa resultou em uma contorção estranhíssima em seu semblante, que demonstrou que não havia perigo em se gabar daquele beijo. O rei ficou muito indignado e evitou falar com o rapaz durante um mês inteiro.

Devo dizer aqui que foi muito divertido vê-la correndo, se é que aquela maneira de avançar pudesse ser chamada de "corrida".

Primeiro, ela dava um impulso e depois, sem peso nenhum, corria alguns passos e dava outro impulso. Às vezes, ela pensava que havia tocado o chão antes mesmo que o alcançasse, e seus pés começavam a correr sobre o nada. Em seguida, ela ria com toda a graça que lhe cabia, mas faltava algo em seu riso. O que faltava, sou incapaz de descrever. Creio que era certo tom na voz, que parecia se apoiar na tristeza, na melancolia, quem sabe, pois ela jamais sorria.

# 7
## Tente a metafísica

Após evitar o assunto doloroso por muito tempo, o rei e a rainha resolveram finalmente fazer uma reunião para conversar sobre o assunto e, por isso, convocaram a princesa. Ela entrou deslizando, esvoaçando e escorregando de um móvel ao outro quando conseguiu, por fim, colocar-se em uma poltrona, como se estivesse sentada. Se estava de fato sentada, eu não poderia determinar, pois ela não estava apoiada em nenhuma parte da poltrona.

– Minha querida filha – começou o rei –, você deve estar ciente, a esta altura, de que você não é exatamente como as outras pessoas.

– Puxa, papai! Eu tenho um nariz, dois olhos e todo o resto, assim como você e a mamãe.

– Aja com seriedade, minha filha, pelo menos uma vez – repreendeu a rainha.

– Não, mamãe.

– Você não gostaria de poder caminhar como as outras pessoas? – perguntou o rei.

– Na verdade, não. Vocês só rastejam, são lentos feito carroças!

– Como é que você se sente, minha filha? – recomeçou o rei, após uma pausa desapontada.

– Muito bem, obrigada.

– Digo, o que é que você se sente?

– Sinto-me como nada neste mundo, nada que eu conheça.

– Mas você tem de se sentir alguma coisa.

– Sinto-me como uma princesa com um papai muito engraçado e uma rainha-mãe que parece um doce animalzinho de estimação.

– Ora essa! – reclamou a rainha.

Mas a princesa a interrompeu e logo prosseguiu:

– Ah, sim – acrescentou –, lembro de algo. Tenho uma sensação curiosa às vezes, como se eu fosse a única pessoa com algum bom senso no mundo inteiro.

Ela estava tentando se comportar com dignidade, mas teve um acesso repentino de riso, jogou-se para trás da poltrona e começou a rolar pelo chão, extasiada com tamanha diversão. O rei a apanhou tão facilmente quanto uma colcha e a colocou sentada na posição anterior, *sobre* a poltrona... ou seria *acima* dela? Enfim, a exata definição da posição da garota na poltrona, eu realmente não sei dizer.

– Você não deseja nada? – recomeçou o rei, o qual havia compreendido a esta altura que seria inútil esbravejar com a garota.

– Puxa, papaizinho querido! Sim! – respondeu ela.

– O que você deseja, minha querida?

– Desejo isso há... há muito tempo! Desde a noite passada!

– Diga-me o que é.

– Você promete que vai conceder o que quero?

O rei estava prestes a dizer "sim", mas a sábia rainha o deteve com um único movimento da cabeça.

– Primeiro me diga o que é – ele pediu.

– Não, não. Prometa primeiro.

– De forma nenhuma. O que é?

– Quero ser amarrada na ponta de uma linha, uma linha bem longa e quero ser empinada como uma pipa. Puxa, que diversão! Eu choveria uma água cor-de-rosa e granizaria ameixas de açúcar, e nevaria flocos de chantilly, e... e... e...

Um ataque de risos tomou conta da princesa, e ela teria rolado acima do chão mais uma vez se o rei não tivesse se levantado rapidamente e a apanhado a tempo. Uma vez que ela não parava de falar, o rei tocou o sino e pediu que duas de suas damas de companhia a tirassem de lá.

– Agora, rainha – disse ele, dirigindo-se a Sua Majestade –, o que devemos fazer?

– Resta-nos uma tentativa – ela respondeu. – Vamos consultar os metafísicos da faculdade.

– Bravo! – clamou o rei. – Faremos isso!

À frente da diretoria da faculdade estavam dois filósofos chineses muito sábios, seus nomes eram Hum-Drum e Kopy-Keck. O rei mandou buscar os dois, e eles vieram imediatamente. Após um longo discurso, ele comunicou aos dois o que eles já bem sabiam. Quem não sabia, afinal? Explicou a condição peculiar de sua filha em relação ao globo dentro do qual ela vivia, e requisitou que eles conversassem sobre as causas daquela condição e a provável cura para aquela *efemeridade*. O rei enfatizou a palavra, mas não pôde descobrir o trocadilho que havia feito. A rainha pôs-se a rir, mas

Hum-Drum e Kopy-Keck ouviram com humildade e mantiveram-se em silêncio.

A consulta consistiu basicamente em propor e fundamentar, pela milésima vez, as teorias favoritas de cada um deles, pois a condição da princesa fornecia um escopo deleitoso para discussão de cada questão que surgisse da divergência entre seus pensamentos; na verdade, de todos os metafísicos do Império Chinês. Mas é justo dizer que eles não negligenciaram de forma alguma a discussão da questão prática, ou seja, o que deveria ser feito.

Hum-Drum era um materialista e Kopy-Keck era um espiritualista. O primeiro era devagar e cuidadoso, o segundo era rápido e descuidado. O segundo geralmente começava com a primeira palavra, e o primeiro sempre dava o ultimato.

– Eu reitero a minha afirmação – começou Kopy-Keck imediatamente. – Não há problema algum com a princesa, seja em seu corpo ou em sua alma; o problema são os dois terem sido postos juntos. Ouça, Hum-Drum, vou lhe dizer brevemente o que penso. Não diga nada. Não responda nada. Eu não o ouvirei até que eu tenha concluído meu pensamento. Naquele momento decisivo, quando as almas buscam seus corpos designados, duas almas ávidas se encontraram, colidiram, ricochetearam, perderam o rumo e chegaram a lugares errados. A alma da princesa era uma delas e, então, ela se desorientou. Ela não pertence por merecimento a esse planeta, provavelmente é um ser de Mercúrio. Sua inclinação no ângulo de sua verdadeira esfera anula todas as forças naturais desse globo sobre sua estrutura corpórea. Ela não se importa com nada deste planeta, não há nenhuma relação entre ela e este mundo.

Todos o ouviam e pareciam assustados.

– Ela tem de ser doutrinada, portanto, pela obrigação mais austera para que desenvolva um interesse pela Terra, como a Terra é. Ela tem de estudar cada segmento histórico: a história animal, vegetal, mineral, social, moral, política, científica, literária, musical, artística e, sobretudo, a história metafísica. Ela deve iniciar com a dinastia chinesa e terminar com o Japão. Mas, em primeiro lugar, deve estudar geologia, especialmente a história das raças de animais extintos: suas características, seus *habitats*, seus interesses e desinteresses, seus inimigos. Ela deve...

– Espere! Es-pe-re! – vociferou Hum-Drum. – Chegou a minha vez de falar. A minha convicção fundamentada e irreversível é que as causas das anomalias evidentes na condição da princesa são estrita e unicamente físicas, mas isso é apenas equivalente a reconhecer que elas existem. Ouça a minha opinião. Seja qual for a causa, ela não tem importância nessa inquirição, o movimento de seu coração foi invertido. A combinação memorável entre a força de sucção e a de bombeamento funciona da maneira errada. Digo, no caso da princesa, ela suga quando deveria expelir e expele quando deveria sugar. As câmaras auriculares e ventriculares estão invertidas. O sangue é enviado pelas veias e retorna pelas artérias. Consequentemente, está correndo de modo equivocado pelo seu organismo corpóreo, pelos pulmões e tudo o mais. Com base em todos os mistérios deste caso particular e com base na força da gravidade, como é possível que se diferencie de toda a humanidade? A minha proposta de cura é a seguinte: flebotomizá-la até que ela seja reduzida ao menor ponto seguro. Deixemos que tome um banho quente, se necessário. Assim que for reduzida a um estado de perfeita asfixia, aplicamos uma ligadura ao seu calcanhar esquerdo e ajustamos de modo que fique o mais próximo possível de seu osso. Aplicamos, neste mesmo instante, outra tensão igual ao redor do pulso direito. Com a ajuda de placas construídas para esta finalidade, colocamos o outro pé e a outra mão sob os receptores de duas bombas de ar. Esvaziamos os receptores, adicionamos uma dose de conhaque francês e aguardamos o resultado.

– Um processo que se apresentaria na forma de morte cruel! – exclamou Kopy-Keck.

– Bem, se for o caso, pelo menos ela morreria cumprindo o nosso dever – replicou Hum-Drum.

Mas Suas Majestades nutriam muito carinho pela filha volátil para sujeitá-la a qualquer um dos esquemas propostos pelos dois filósofos igualmente inescrupulosos. De fato, o conhecimento mais completo das leis da natureza mostrou-se inútil no caso da princesa, pois era impossível sequer classificá-la. Seu corpo era imponderável, no entanto, ela compartilhava todas as outras propriedades ponderáveis.

# 8
# Tente uma gota-d'água

Talvez a melhor solução para a princesa seria cair de amores por alguém. Mas cair, fosse como fosse, era uma dificuldade para uma princesa sem força gravitacional, e talvez esta fosse a sua *maior* dificuldade. Quanto aos seus sentimentos, ela mal sabia da existência de um vespeiro como o amor, repleto de mel e ferrões, em que pudesse cair. No entanto, devo mencionar outro fato curioso sobre ela.

O palácio havia sido construído às margens do lago mais adorável do mundo, e a princesa adorava esse lago mais do que o próprio pai e a própria mãe. A origem dessa preferência, sem dúvida, embora a princesa não reconhecesse, estava no fato de que no momento em que ela adentrou o lago pela primeira vez, ela recuperou o direito natural do qual havia sido privada, por assim dizer, recuperou sua gravidade. Se isso era devido ao fato de que a água havia sido usada como meio para conferir aquele dano à princesa, isso eu não sei. Mas ela era capaz de nadar e mergulhar como um pato, como dizia uma velha babá. E foi assim que o alívio de sua desgraça fora descoberto.

Em certa noite de verão, durante o carnaval em seu país, ela foi levada ao lago pelo rei e pela rainha, na barca da família real. Eles foram acompanhados por muitos cortesãos em uma frota de pequenos barcos. Ao chegar ao meio do lago, a princesa quis entrar na barca do senhor chanceler, pois sua filha, que era uma de suas melhores amigas, estava lá com o pai. Embora o velho rei raramente abrandasse o tamanho de seu infortúnio, ainda assim, nesta ocasião em particular, estava de bom humor e, assim, que as barcas se aproximaram, ele apanhou a princesa para arremessá-la à barca do chanceler. Entretanto, ele perdeu o equilíbrio e, ao cair no fundo da barca, soltou a filha sem querer, que despencou na água. Com um acesso delicioso de risos, ela desapareceu no lago. Um grito de horror ecoou dos barcos, eles nunca tinham visto a princesa descer daquela maneira antes. De repente, metade dos homens estava embaixo da água à procura da jovem, mas todos tiveram, um após o outro, de voltar à superfície para recuperar o fôlego quando, ao longe, tilintando, cuspindo e engasgando, emergiu a princesa, gargalhando! Lá estava ela e nadava como um cisne. Ela não buscava o rei, a rainha, nem o chanceler ou sua filha, ela estava totalmente determinada em se divertir.

Mas, ainda assim, parecia mais tranquila do que o normal, talvez porque quando o prazer é muito grande, a risada se esvai. Sendo assim, após essa ocasião, a paixão de sua vida se tornou entrar na água, e ela se transformava em uma garota mais bela e comportada quanto mais nadava. Fosse verão ou inverno, brincar e nadar era sempre a sua vontade.

No inverno, ela não podia permanecer durante muito tempo dentro do lago quando tinham de quebrar o gelo para que ela pudesse entrar. Em quase todos dia de verão, desde a manhã até a noite, ela podia ser vista, o corpo branco boiando no lago azul, parada por longos momentos como a sombra de uma nuvem sobre as águas, ou nadando como um golfinho, desaparecendo e saltando exatamente onde não se esperaria que ela saltasse. Ela certamente ficaria no lago durante as noites se pudesse sair sozinha do lago, pois ele parecia uma piscina funda que desembocava na janela da varanda de seu quarto e embora fosse uma passagem superficial e juncosa, ela poderia pular nas profundezas da água que ninguém descobriria. Realmente, quando ela acordava no meio de uma noite enluarada, mal podia resistir à tentação, mas havia toda a triste dificuldade de entrar na água. Ela tinha tanto medo do vento quanto algumas crianças têm da água, pois ao menor sopro, ela poderia ser levada para longe. Se ela impulsionasse o próprio corpo para dentro da água e não fosse o suficiente para alcançar o lago, sua situação seria ainda mais assustadoramente estranha, pois teria de ficar onde parasse, suspensa e vestida com sua camisola até que fosse vista e alcançada por alguém da janela.

"Puxa... se eu tivesse a minha gravidade", pensava, contemplando a água, "eu saltaria dessa varanda, voando como uma grande gaivota, mergulhando de cabeça nesse lindo lago."

Essa era a única reflexão que a fazia desejar ser como as outras pessoas.

Outra razão pela qual gostava da água é que, dentro do lago, ela tinha alguma liberdade, pois ela mal conseguia caminhar sem ser escoltada: parte da escolta era composta por uma tropa de cavalos que pudesse galopar rapidamente caso o vento a levasse de súbito. O rei ficou ainda mais apreensivo com o passar dos anos até que, ao final, ele impediu que ela saísse sem que umas vinte cordas de seda estivessem amarradas ao seu vestido e seguradas por vinte nobres da corte. É claro que cavalgar estava fora de cogitação. Mas ela dispensava toda essa cerimônia quando entrava na água.

E os efeitos eram tão incríveis, especialmente na restituição da gravidade humana durante o tempo que estava submersa, que Hum-Drum e Kopy-Keck chegaram a recomendar que o rei a enterrasse viva por três anos, com a esperança de que, uma vez que a água lhe fazia tão bem, então a terra lhe faria ainda melhor, mas o rei não concedeu permissão para tal experimento. Impedidos de realizar a experiência, eles acordaram em outra recomendação, ao ver que as opiniões importadas da China e do Tibet eram realmente memoráveis: eles concordaram que, se a água de origem e aplicação externas podia ser tão eficaz, a água de origem ainda mais profunda podia ser perfeita para a cura. Resumindo, se a pobre princesa em questão fosse forçada a chorar, ela poderia recobrar a gravidade perdida.

Mas como isso poderia acontecer? Aí estava toda a dificuldade, e era forçoso notar que os filósofos não eram tão sábios assim! Fazer a princesa chorar era tão impossível quanto fazê-la pesar. Eles buscaram um pedinte profissional, demandaram que ele preparasse seu oráculo do infortúnio mais comovente; auxiliaram-no a sair da caixa de charadas da corte com todas as roupas que desejava e prometeram grandes recompensas caso ele obtivesse êxito, mas foi tudo em vão. Ela ouviu a história mirabolante do pedinte e observou sua maquiagem maravilhosa, até que não pôde mais se conter, e então começou a se contorcer da maneira mais indigna possível para sair dali, gritando e berrando de tanto rir.

Após se recuperar um pouco, ela pediu que seus empregados a levassem dali e que não dessem ao pedinte nem sequer uma moeda de um centavo. O olhar desconfortavelmente mortificado que ele lhe lançou, consumou a punição dela e a vingança dele, pois ela foi tomada de violenta histeria, que demorou para se recuperar.

O rei estava tão ansioso por resolver aquela situação que achou justo dar-lhe uma severa punição, de modo que certo dia, enraivecido, o rei subiu até o quarto da princesa e deu-lhe uma surra terrível. Nem uma lágrima sequer escorreu pelo seu rosto, ela parecia séria, mas sua gargalhada soava estranhamente como uma gritaria, mais nada. O velho tirano, embora tivesse colocado seus melhores óculos de armação dourada para observá-la, não foi capaz de ver nem uma nuvenzinha de tristeza no olhar azul sereno da garota.

## 9
## Coloque-me de volta

Deve ter sido nessa época que o filho de um rei, o qual morava a muitos quilômetros de Lagobel, mandou que buscassem a filha da rainha. Ele viajara por toda a parte, mas à medida que encontrava uma nova princesa, encontrava também um defeito nela. É claro que ele não podia se casar com uma mulher comum, por mais bonita que fosse, e não havia princesa que o merecesse, tão grande era o seu valor. Se o príncipe estava tão próximo da perfeição a ponto de ter o direito de exigir perfeição em sua esposa, também não ouso afirmar. Tudo o que sei é que ele era um homem bom, bonito, valente, generoso, bem-criado, educado, assim como todos os príncipes.

Em suas viagens, ele lera alguns relatórios a respeito da nossa princesa, mas como todos diziam que ela estava enfeitiçada, ele nunca sonhou que ela poderia enfeitiçá-lo. O que um príncipe poderia fazer a uma princesa que havia perdido a própria gravidade? O que mais ela ainda poderia perder além da gravidade? Poderia perder a visibilidade, ou a tangibilidade, ou em resumo, o poder de causar-lhe efeitos sensoriais de modo que ele não pudesse saber se ela estava viva ou morta. Obviamente, ele não questionou mais nada a respeito da princesa, tal seu desinteresse.

Certo dia, ele se perdeu de seu cortejo em uma grande floresta. Essas florestas são muito úteis em separar príncipes de seus cortesãos, como uma peneira que separa o trigo do joio. Em seguida, os príncipes fogem em busca de suas fortunas, e, nisso, eles levam vantagens sobre as princesas, que são forçadas a se casar antes que possam se divertir um pouco. Eu gostaria que as nossas princesas também se perdessem nas florestas algumas vezes.

Em um fim de tarde adorável, após perambular por muitos dias, ele percebeu que as árvores eram mais finas, pois ele podia ver o pôr do sol através delas e, caminhando um pouco mais, logo ele se aproximou de um brejo. Depois, encontrou sinais de humanos na vizinhança, mas estava começando a anoitecer e já não havia ninguém nos campos que pudesse guiá-lo.

Após mais uma hora de viagem, seu cavalo, muito cansado com todo aquele esforço e falta de comida, caiu e não foi capaz de se reerguer novamente. Então, ele continuou a jornada a pé. Por fim, ele entrou em outra floresta, não era uma floresta densa e selvagem, mas uma floresta civilizada, e seguiu por uma trilha até chegar às margens de um lago. Ao longo desta trilha, o príncipe percorreu seu caminho pela escuridão que se adensava. De repente, ele pausou e aguçou os ouvidos, pois ouviu sons estranhos vindos da água, que pareciam gritos, mas, na verdade, era a risada da princesa. Mas havia algo estranho em sua risada, como já mencionei, pois a eclosão de uma risada robusta requer a incubação da gravidade; e talvez tenha sido por isso que o príncipe confundiu a risada com gritos. Ao observar o lago, ele viu algo se mover dentro da água e, em um instante, arrancou a túnica, chutou as sandálias e mergulhou. Logo, ele alcançou um tecido branco e descobriu que uma mulher estava ali. Não havia como saber que se tratava de uma princesa, mas aquela era uma bela dama, e não era preciso muita luz para admitir isso.

Agora não sei como aconteceu, se ela fingiu que estava se afogando, se ele realmente a assustou ou se ela se envergonhou, mas ele a trouxe para as margens de uma maneira inescrupulosa para um nadador e quase a afogou, como ela jamais havia esperado, pois engolia muita água toda vez que tentava falar.

No lugar em que ele parou, a margem estava a apenas cinquenta ou sessenta centímetros acima da água, então ele a levantou com força para retirá-la da água e colocá-la deitada sobre a terra para descansar. No entanto, a sua gravitação desapareceu no momento em que ela saiu da água e então a princesa foi erguida pelo ar, gritando e xingando.

– Rapaz malcriado, malcriado, MALCRIADO, MALCRIADO – gritava ela.

Ninguém jamais havia conseguido aborrecê-la daquela maneira. Quando o príncipe a viu levitar, pensou que ele mesmo havia sido enfeitiçado e confundido a dama com um grande cisne. A princesa se agarrou a uma pinha no alto de um pinheiro elevado, mas a pinha se soltou, então, ela se agarrou a outra pinha e de fato permaneceu lá, segurando-se às pinhas e as derrubando à medida que elas se desprendiam. Enquanto isso, o príncipe permaneceu inerte na água, observando aquilo. Quando não conseguiu mais ver a aprincesa, ele saiu do lago e correu na direção da árvore. Lá, ele a encontrou descendo pelos galhos na direção do tronco. Na escuridão da floresta, o príncipe continuou perplexo tentando entender tudo aquilo até que, ao alcançar o chão e vê-lo em pé, a princesa o agarrou e disse:

– Vou contar ao papai.

– Ah, não vai não! – falou o príncipe energicamente.

– Vou, sim! – ela insistiu. – Por que resolveu me tirar da água e me arremessar pelos ares? Eu não fiz nada a você.

– Desculpe-me. Eu não quis machucá-la.

– Você deve ter perdido os miolos, o que é muito pior do que a sua gravidade deplorável. Tenho pena de você.

O príncipe deu-se conta de que mal acabara de encontrar a princesa enfeitiçada, e já a tinha ofendido, mas antes que ele pudesse pensar no que responder, ela explodiu de raiva e bateu o pé no chão com uma força suficiente para fazê-la voar pelos ares se não estivesse segurando bem firme no braço do príncipe.

– Coloque-me de volta imediatamente.

– Colocá-la exatamente onde, lindeza? – perguntou o príncipe.

Ele já estava quase caído de amores por ela, pois sua ira a tornava ainda mais encantadora, como ninguém jamais a havia contemplado. E, até onde ele podia ver, que não era tão longe assim, ela não tinha um defeito sequer, exceto, é claro, a sua falta de gravidade. Nenhum príncipe, no entanto, julgaria uma princesa pelo peso. A beleza de seus pés raramente seria estimada pela profundidade das marcas que eles deixariam na lama.

– Colocá-la onde, lindeza? – perguntou o príncipe mais uma vez.

– Na água, seu tolo – respondeu a princesa.

– Então, venha – disse o príncipe.

A condição de seu vestido, completamente encharcado, dificultava ainda mais o seu caminhar e a forçava na direção do príncipe. Ele mal podia convencer a si mesmo de que não estava vivendo um sonho lindo, sem falar das inúmeras ofensas que soavam como música para seus ouvidos. O príncipe, sem pressa alguma, conduziu a princesa até outra parte do lago, onde a margem tinha em torno de sete metros de altura, pelo menos. Quando se aproximaram da beira, ele encarou a princesa e perguntou:

– Como devo colocá-la?

– Esse é um problema seu – respondeu, de maneira mordaz. – Já que me tirou, então, me coloque de volta!

– Muito bem – disse o príncipe. Ele a segurou nos braços e então saltou da pedra com ela.

A princesa só teve tempo de dar uma risada de satisfação antes que eles submergissem na água. Quando voltaram à superfície, ela descobriu que, por alguns instantes, mal pôde rir, pois havia submergido de modo tão rápido que não conseguira recuperar o fôlego. E no instante em que ambos alcançaram a superfície, o príncipe perguntou:

– Como é que você gosta de cair?

Após algum esforço, a princesa disse ofegante:

– Isso é o que você chama de *cair*?

– Sim – respondeu rapidamente o príncipe. – Parece-me algo bastante tolerável.

– Achei que estávamos subindo – ela respondeu.

– A sensação foi certamente de elevação – concordou o príncipe.

No entanto, a princesa pareceu não o entender, e lhe fez outra pergunta:

– Como é que *você* gosta de cair? – indagou.

– Gosto de *cair* de qualquer maneira – respondeu –, agora mesmo acabei de cair de amores pela única criatura perfeita que eu já conheci.

– Basta, estou cansada disso – disse a princesa.

Talvez ela tenha herdado a aversão do pai pelos trocadilhos com as palavras.

– Você não gosta de cair? – perguntou o príncipe.

– Foi a coisa mais divertida da minha vida! – ela respondeu. – Eu nunca havia caído antes. Eu gostaria de aprender a cair. E pensar que eu sou a única pessoa no reino do meu pai que não pode cair.
– Nesse instante, a pobre princesa quase pareceu triste.

– Ficarei feliz em cair com você sempre que quiser – disse o príncipe, de maneira devotada.

– Obrigada. Eu não sei... Talvez não seja apropriado, mas eu não me importo. De qualquer forma, já que caímos, vamos nadar juntos.

– Aceito seu convite com todo o meu coração – respondeu o príncipe.

E para longe eles foram nadando, mergulhando, flutuando até que, por fim, ouviram gritos vindos das margens, e viram luzes brilhando em todas as direções. Já era bem tarde e já não se via a lua.

– Tenho de ir para casa – disse a princesa. – É uma pena, pois estava me divertindo muito!

– Eu também me diverti – respondeu o príncipe. – E estou feliz de não ter de voltar para casa hoje, e por poder ficar por aqui.

– Eu também gostaria de não ter de voltar para casa – retrucou a princesa. – É uma tolice! Por que não me deixam em paz? Eles não confiam em mim quando estou no lago nem uma noite sequer! Está vendo aquela luz verde? Aquela é a janela do meu quarto. Agora, se puder nadar comigo até lá bem silenciosamente, e, quando estivermos embaixo da varanda, puder me dar um impulso para o alto, como você fez quando me tirou da água a primeira vez, eu me agarraria à varanda e entraria pela janela. Então eles que procurem por mim até amanhã de manhã!

– Com mais obediência do que prazer – disse o príncipe, com um tom galanteador, e para lá nadaram bem lentamente.

– Você virá para o lago amanhã à noite? – o príncipe ousou perguntar.

– Eu não posso garantir com toda a certeza. Mas, talvez... – foi a resposta um tanto estranha da princesa.

O príncipe foi inteligente o bastante em não a pressionar mais e simplesmente sussurrou assim que a impulsionou para o alto: "Não conte a ninguém". A princesa já estava a um metro acima dele e lhe respondeu com um olhar malandrinho que parecia dizer: "Não tenha medo. É divertido demais para estragarmos tudo."

Na água, ela estava tão perfeita, agia tão naturalmente como as outras pessoas, que o príncipe mal pôde crer quando a viu subir devagar, agarrada à varanda para, então, desaparecer pela janela. Ele virou quase esperando vê-la ao seu lado, mas ele estava sozinho dentro da água. Então, nadou para longe silenciosamente e observou as luzes se movendo pelas margens do lago por horas a fio depois que a princesa já estava segura em seu quarto. Assim que as luzes desapareceram, ele voltou à terra firme à procura de sua túnica, suas sandálias e espada e, após algum esforço, encontrou-as novamente. Em seguida, ele caminhou ao redor do lago até o outro lado, onde a floresta era mais selvagem e a margem era mais íngreme, subindo rente às montanhas que rodeavam o lago por todos os lados, e por onde desembocavam afluentes prateados durante a noite inteira. Logo, ele avistou a luz verde no quarto da princesa e acomodou-se onde, mesmo em meio ao raiar do dia, ele não correria perigo de ser descoberto. Era um tipo de caverna dentro de uma rocha, onde ele providenciou uma cama de folhas secas e se deitou, cansado demais para que a fome o mantivesse acordado. Durante toda a noite ele sonhou que nadava com a princesa.

## 10
## Olhe para a lua

Bem cedo, na manhã seguinte, o príncipe saiu em busca de algo para comer, o que ele logo encontrou na cabana de um silvicultor, onde, durante muitos dos dias que se seguiram, foi alimentado com tudo o que um príncipe corajoso considerava necessário. Agora, com alimento suficiente para mantê-lo vivo sem se preocupar, ele não pensava no que lhe faltava e tampouco em sua existência. Sempre que Care entrava, o príncipe se curvava para frente, com o cumprimento mais principesco possível em agradecimento.

Quando retornou do café da manhã para sua caverna, ele viu a princesa flutuando pelo lago junto do rei e da rainha, os quais ele reconhecia pelas coroas, e uma grande companhia de adoráveis botes com dosséis de todas as cores do arco-íris e bandeiras e flâmulas de outras tantas cores.

Era um dia bastante quente e, logo, o príncipe, que estava queimado pelo sol, começou a desejar nadar na água fria com a princesa. Porém, teve de esperar até o crepúsculo, pois os botes estavam abastecidos de suprimentos e só depois do pôr do sol é que a alegre festa terminou. Bote atrás de bote, todos deixaram o lago logo depois do bote do rei e da rainha até que apenas um, aparentemente, o bote da princesa, permaneceu na água. Ela ainda não queria ir para casa, e o príncipe pensou tê-la visto pedir que o bote voltasse às margens sem ela. De qualquer forma, o bote se foi e agora apenas ela havia permanecido. Então, o príncipe pôs-se a cantar:

>*Dama alva,*
>*Branca como um cisne,*
>*Levantes o luar e*
>*Expulses a noite*
>*Com o poder*
>*Do teu olhar.*

*Braços de neve,*
*Seja breve,*
*Traga-a para cá,*
*Polvilhes tua neve.*
*Gentil e leve,*
*E traga-a para cá.*

*Carregue-a consigo*
*Flua em desatino,*
*Brancura radiante!*
*E ao acordá-la,*
*Siga seu rompante,*
*Brancura radiante!*

*Abrace a minha princesa,*
*Em sua azul profundeza;*
*Não se separe,*
*E jamais pare*
*De se renovar.*
*Beije-a da manhã ao luar.*

*Envolva-me em ti*
*Água infeliz*
*Que a deixou.*
*Me faça feliz,*
*Pois você a beijou*
*Antes de mim.*

Antes que terminasse a canção, a princesa nadara até o lugar em que ele estava sentado, olhando para cima, buscando-o com o olhar. Seus ouvidos a haviam guiado até ali, com toda a fidelidade.

– Você gostaria de cair no lago, princesa? – perguntou o príncipe, olhando para baixo.

– Ah, aí está você! Sim, por gentileza, príncipe – disse a princesa.

– Como sabe que eu sou um príncipe? – perguntou ele.

– Porque você é um rapaz muito educado e jovem, príncipe – disse a princesa.

– Então suba aqui, princesa.

– Preciso que me ajude.

O príncipe retirou o cachecol, depois o cinto da espada e a túnica e então os enrolou todos juntos e os colocou no chão. Ele desenrolou o turbante e colocou junto com as outras roupas, e também sua bolsa, que foi a última a ser adicionada. A princesa havia conseguido se agarrar à alça da bolsa e então em um instante conseguiu posicionar-se ao lado do príncipe. Esta rocha era muito maior do que a outra e, portanto, o *tibum* e o mergulho foram tremendos. A princesa estava anestesiada de tanta satisfação, e eles nadaram deliciosamente.

Eles se encontravam noite após noite e nadavam em meio ao lago escuro e límpido. A satisfação do príncipe era tão grande que, fosse em razão da maneira despretensiosa como a princesa vivia ou fosse porque ele também estava se tornando uma pessoa despreocupada, ele frequentemente pensava que estava nadando no céu em lugar do lago.

Quando a lua se apresentava, ela trazia consigo uma sensação pura de prazer; tudo parecia estranho e novo sob sua luz, era uma novidade que não perdia seu brilho nunca. Quando ela estava quase cheia, um dos maiores prazeres dos dois era mergulhar lá no fundo e, depois, girar e olhar para a luz logo acima deles, a qual bruxuleava e tremeluzia e se espalhava e contraía, até voltar à sua forma redonda novamente. Então, eles disparavam para cima, bem no meio da mácula de luz e uau! Lá estava a lua, distante, límpida, estática, fria e muito adorável bem no fundo de um lago ainda mais profundo e azul do que o lago em que os dois nadavam, dizia a princesa.

O príncipe logo descobriu que enquanto estava na água, a princesa era como qualquer outra pessoa. Além disso, ela não era tão direta em suas perguntas ou atrevida em suas respostas na água tanto quanto nas margens do lago. Ela não ria tanto e, quando ria, era um riso gentil, e parecia mais modesta e feminina na água do que fora dela. Mas, quando o príncipe, agora completamente apaixonado, começou a conversar sobre o amor, ela sempre olhava para ele e ria. Depois de um tempo, ela parecia confusa, como se estivesse tentando compreender o que ele dizia, mas sem ter noção de que ele dizia com aquilo. Quando saía do lago, ela ficava tão diferente que o príncipe dizia a si mesmo: "Se eu me casar com ela, não vejo outra alternativa a não ser nos tornarmos tritão e sereia e vivermos no mar aberto de uma vez por todas."

# 11
## SSS!

O prazer de ficar no lago havia se tornado uma grande paixão para a princesa, e ela mal conseguia privar-se de nadar durante uma hora sequer. Então, imagine como ficou consternada quando, ao nadar com o príncipe durante uma noite, desconfiou repentinamente que o lago não era tão profundo quanto parecia. O príncipe não conseguia imaginar o que havia acontecido. Ela disparou até a superfície e sem emitir uma palavra, nadou a toda velocidade em direção ao lado mais alto do lago. Ele a seguiu, implorando para saber se ela estava doente ou se sentindo mal, ela não se virou para olhá-lo e nem deu ouvidos ao que ele dizia. Ao chegar às margens, ela deslizou pelas rochas enquanto as examinava detalhadamente, porém, não foi capaz de chegar a nenhuma conclusão, pois a lua estava pequena demais e, portanto, não conseguia enxergar muito bem. Ela deu meia-volta e nadou para casa sem dizer uma palavra ou explicar sua conduta ao príncipe, cuja presença ela não parecia mais notar. Ele voltou à caverna, extremamente perplexo e atormentado.

No dia seguinte, ela observou vários detalhes que, lamentavelmente, provocaram-lhe ainda mais medo. Ela notou que as margens do lago estavam muito secas e que a grama da margem e as plantas rasteiras sobre as rochas estavam murchando. A princesa fez marcas ao redor das margens e as examinava dia após dia em todas as direções do vento até que, por fim, uma ideia horrível tornou-se um fato: o lago estava lentamente secando.

A pobre princesa quase se desesperou. Era terrível ver o lago, que ela amava, morrer diante de seus olhos. Ele estava secando, desaparecendo. O topo das rochas, os quais não podiam ser vistos até então, começaram a aparecer lá embaixo, em meio à água límpida. Não demorou muito até que o sol os secou por completo. Era assustador pensar sobre a lama que logo ocuparia todo o lugar, quente e fedorenta, matando os peixes adoráveis, destruindo tudo. O calor do sol seria ainda mais cruel sem o lago! Ela já não conseguia nadar ali e, por isso, ficou desanimada. Sua vida parecia depender da sobrevivência do lago e à medida que ele desaparecia, ela se abatia mais e mais. As pessoas diziam que ela não sobreviveria nem uma hora sequer assim que o lago secasse por inteiro.

Mas ela nunca chorou.

Um anúncio foi feito a todo o reino dizendo que se alguém soubesse a causa da evaporação do lago, seria recompensado como um príncipe. Hum-Drum e Kopy-Keck se inscreveram com sua física e metafísica, mas foi em vão, eles não conseguiram descobrir a causa da falência do lago.

A velha princesa Makemnoit era a causa daquele mal. Quando soube que a sobrinha amava mais o lago do que qualquer outra pessoa que estivesse fora dele, ela ficou furiosa e amaldiçoou a si mesma por não ter previsto aquilo.

– Mas – disse ela – em breve eu vou resolver tudo isso. O rei e todas as pessoas hão de morrer de sede; seus cérebros vão cozinhar e fritar em seus crânios antes que eu perca a minha vingança.

Então ela deu uma gargalhada malévola que fez com que os pelos de seu gato preto se eriçassem de terror. A velha princesa caminhou até uma velha cômoda em seu quarto e ao abri-la, retirou algo que parecia um pedaço de alga marinha seca. Depois, jogou-a em uma banheira cheia de água, acrescentou um pó, e mexeu com o braço nu, dizendo palavras de som horripilante e de significado ainda pior. Afastou-se da banheira, e retirou da cômoda um molho gigante com cem chaves enferrujadas, as quais chacoalhavam em suas mãos trêmulas. Em seguida, ela se sentou e começou a untá-las com óleo. Antes que terminasse, da água que se movimentava lentamente mesmo depois que ela havia parado de mexer, emergiu a cabeça de uma cobra cinza e gigante. Mas a bruxa nem olhou ao redor. Então, ela serpenteou para fora da banheira, ondulando seu corpo para frente e para trás com um movimento lento e horizontal até alcançar a princesa, quando recostou a cabeça nos ombros dela e sibilou baixinho em seu ouvido. A princesa se surpreendeu... mas de alegria e, ao ver a cabeça recostada em seu ombro, aproximou-se e a beijou. Depois, retirou-a da banheira e a enrolou ao redor de seu corpo. Era uma daquelas criaturas assustadoras que poucos haviam visto: as Serpentes Brancas da Escuridão.

Em seguida, apanhou as chaves, desceu ao porão e, assim que destrancou a porta, disse a si mesma: "É para *isso* que a vida vale a pena!".

Depois de trancar a porta, ela desceu alguns degraus até o porão e ao cruzá-lo, destrancou outra porta que dava acesso a um corredor estreito e escuro. Ela também trancou esta porta e desceu mais alguns degraus. Se alguém tivesse seguido a princesa-bruxa, saberia que ela destravou exatamente cem portas e desceu mais alguns degraus após destravar a porta seguinte. Assim que destrancou a última, entrou em uma caverna ampla, cujo teto estava apoiado em enormes pilares naturais de pedra. Este teto era o fundo do lago.

Em seguida, ela desenrolou a cobra de seu corpo e a segurou acima de sua cabeça, pelo rabo. A criatura horrenda esticou a cabeça na direção do teto da caverna, o qual ela alcançou facilmente. Depois, começou a mover a cabeça para frente e para trás, com um movimento lento e oscilante, como se buscasse algo. Nesse mesmo instante, a bruxa começou a caminhar ao redor da caverna, a cada volta, aproximava-se mais do centro enquanto a cabeça da cobra percorria o mesmo caminho acima no teto, pois ela permaneceu segurando a cobra no alto. Lá ela ficou oscilando lentamente. Volta após volta, elas percorreram a circunferência da caverna, a cada vez, diminuindo o raio até que, por fim, a cobra disparou de repente e prendeu-se ao teto com a própria boca.

– É isso mesmo, minha linda – berrou a princesa –, seque-o até a última gota.

Então, ela se soltou da cobra, que ficou pendurada, e sentou-se sobre uma grande pedra junto de seu gato preto, o qual a havia seguido até a caverna e agora estava bem ao seu lado. Logo, pôs-se a tricotar e balbuciar palavras horríveis. A cobra continuou pendurada como uma enorme sanguessuga sorvendo a pedra, o gato estava em pé com as costas arcadas, e ele não parava de observar a cobra. A velha continuou sentada, tricotando e murmurando. Eles permaneceram assim por sete dias e sete noites quando de repente a cobra caiu do teto, exaurida, e murcha, como aquele pedaço de alga seca. A bruxa se levantou, apanhou-a, colocou-a em seu bolso e olhou para o teto. Uma gota-d'água tremeluzia no local em que a cobra havia sugado. Assim que viu aquilo, virou-se e correu de lá, acompanhada de seu gato. Ao fechar a porta, tomada por uma pressa terrível, ela a trancou e após murmurar mais algumas palavras assustadoras, correu até a próxima porta, que ela também fechou aos murmúrios e, assim por diante, com todas as cem portas até voltar ao porão. Lá, ela se sentou no chão, prestes a desmaiar, mas ouvindo com um deleite malicioso a corrente de água, que ela era capaz de escutar claramente mesmo através das cem portas percorridas.

Porém essa maldade não foi suficiente para aplacar o gosto da vingança da velha princesa. Sem fazer mais nada, o lago demoraria a desaparecer. Então, na noite seguinte, com a última sombra da lua minguante, ela bebeu um pouco da água que havia reanimado a cobra, colocou-a em uma garrafa e saiu, acompanhada de seu gato. Antes que amanhecesse, ela já percorrera toda a circunferência do lago, murmurando palavras assustadoras à medida que cruzava cada canal e jogava um pouco da água que tinha dentro de sua garrafa. Assim que percorreu toda aquela extensão, murmurou novamente e jogou um bocado de água na direção da lua. Depois disso, cada nascente no país deixou de pulsar e borbulhar, falhando como o pulso de um homem prestes a morrer. No dia seguinte, já não havia mais o som das quedas de água que eram ouvidas nas margens do lago. As nascentes haviam secado, e as montanhas já não exibiam seus rastros prateados que percorriam as pedras escuras. Mas as fontes da Mãe-Terra não foram as únicas a deixar de fluir, pois todos os bebês do país puseram-se a chorar assustadoramente, mas sem derramar uma única lágrima.

## 12
## Onde está o príncipe?

Nunca mais, desde a noite em que a princesa o deixara abruptamente, o príncipe conseguiu se encontrar com ela. Ele a viu uma vez ou duas no lago, mas até onde soube, ela nunca mais havia nadado nele à noite. Ele se sentava, cantava e olhava a ermo em busca de sua Nereida, enquanto ela, como se fosse uma verdadeira Nereida, estava definhando com o lago, morrendo e secando junto dele. Quando, por fim, ele notou a mudança que estava ocorrendo com o nível da água, ficou alarmado e perplexo. Ele não sabia se o lago estava morrendo porque a princesa o havia abandonado ou se por estar secando, a princesa o abandonara. Mas, ele resolveu descobrir o que tinha acontecido ao final.

Ele arranjou um disfarce e, ao chegar ao palácio, solicitou um emprego. O senhor camareiro era um homem criativo e inteligente, por isso notou que havia algo a mais na solicitação do príncipe do que ele havia dito, mas sentiu, igualmente, que ninguém poderia imaginar de onde poderia vir uma solução para a presente dificuldade com o desaparecimento do lago, então, ele permitiu que o príncipe fosse o engraxate da princesa. O príncipe foi bastante astuto ao solicitar um cargo tão simples, pois sabia que a princesa não poderia sujar seus pés como as outras damas. Ele quase se distraiu por estar tão próximo dela todos os dias, mas não deixou de perambular pelo lago e mergulhar em cada profundeza possível do que havia restado. Ele nada descobriu, tudo o que pôde fazer foi acrescentar mais graxa no delicado par de botas que a princesa nunca calçava.

A princesa permanecia em seu quarto, com as cortinas fechadas para que não visse o lago minguando, mas ela não conseguia tirá-lo da mente nem por um instante. Ele assombrava sua imaginação de modo que ela sentia que o lago era a sua alma, secando dentro dela, expondo primeiramente a lama e depois a loucura e a morte. Quanto ao príncipe, ela o havia esquecido. Embora tivesse desfrutado de sua companhia na água, ela não se importava com ele fora do lago. No entanto, ela parecia ter esquecido o pai e a mãe também. O lago continuou desaparecendo, pequenos pontos lamacentos começaram a surgir e brilhavam continuamente em meio ao brilho opaco da água. Esses pontos se tornaram fragmentos maiores de lama, que aumentaram e se espalharam, com rochas aqui e acolá, peixes se debatendo e emaranhados de enguias rastejando. As pessoas vinham de todos os lugares para apanhá-las e procuravam por qualquer coisa que pudesse ter caído das barcaças reais.

Por fim, o lago secou inteiramente. Apenas algumas das poças mais profundas haviam restado intactas.

Aconteceu certo dia que um grupo de jovens estava na beira de uma dessas poças, bem ao centro do lago. Era uma bacia de pedra de profundidade considerável. Ao observar seu interior, eles viram algo que refletiu uma luz amarela sob o sol. Um garotinho pulou, mergulhou e encontrou uma placa de ouro coberta de escritos. Eles a levaram para o rei.

De um lado, liam-se as seguintes palavras:

*A morte em si é a única salvadora.*
*O amor é a morte, e ela é uma vencedora.*
*O amor preenche o túmulo mais fundo.*
*O amor resiste nas profundezas do mundo.*

Isso foi enigmático demais para o rei e seus cortesãos. Porém, no verso da placa havia um escrito que elucidava muito sobre o assunto.

*Se o lago desaparecer, eles devem encontrar o buraco por onde a água escoou. Mas seria inútil tentar parar o vazamento de alguma maneira comum. Há apenas um modo eficaz. O corpo de um homem vivo seria capaz de estancar o fluxo, portanto ele deve se oferecer por vontade própria, e o lago levará sua vida à medida que enche novamente. De outro modo, a oferenda não terá valor. Se a nação não puder fornecer um único herói, que pereça.*

## 13
## Aqui estou eu

Esta foi uma revelação decepcionante para o rei, não que ele não estivesse disposto a sacrificar um sujeito, mas não tinha esperanças de encontrar um homem disposto a sacrificar a vida por vontade própria. No entanto, não havia tempo a perder uma vez que a princesa estava deitada inerte em sua cama sem se alimentar, a não ser que fosse água do rio, que agora já não era das melhores. Sendo assim, o rei providenciou que o conteúdo da maravilhosa placa de ouro fosse publicado pelo país inteiro.

Contudo, ninguém se voluntariou.

O príncipe, o qual havia feito uma viagem pela floresta para consultar um ermitão que conhecera no caminho de Lagobel, não sabia de nada sobre o oráculo até retornar.

Quando soube a respeito de todos os detalhes, sentou-se e um pensamento lhe veio à cabeça:

"Ela vai morrer se eu não fizer isso, e a vida não terá valor sem ela, então, não vou perder nada fazendo isso. A vida será prazerosa para ela como nunca antes, pois logo ela me esquecerá. Haverá tanta beleza e felicidade no mundo! Certamente, não a verei." O pobre príncipe suspirou nesse momento. "Que lindo estará o lago sob a luz do luar, com aquela criatura gloriosa brincando como uma deusa selvagem! Mas é muito difícil pensar em me afogar centímetro a centímetro. Deixe-me ver, serão 150 centímetros de afogamento." Nesse momento ele tentou rir, mas não conseguiu. "Quanto mais tempo levar, melhor", continuou, "já que eu não posso negociar que a princesa fique comigo pelo resto da minha vida... Então a verei mais uma vez, eu a beijarei e talvez... quem sabe, eu morra olhando em seus olhos. Isso não seria uma morte cruel... Eu sei que ficarei feliz em ver o lago cheio novamente para a linda princesa! Tudo bem! Estou pronto!"

Ele beijou a bota da princesa, colocou-a no chão e correu para procurar o rei. Mas, ao sentir que qualquer sentimentalismo seria desagradável, decidiu encarar o assunto com indiferença. Sendo assim, bateu à porta do escritório do rei, mesmo sabendo que era um crime capital perturbá-lo.

Assim que ouviu as batidas, o rei se levantou e abriu a porta enfurecido. Ao ver apenas um engraxate, apanhou sua espada. Esse, desculpe informar, era seu modo usual de demonstrar sua realeza sempre que achava que sua dignidade estava ameaçada. Mas o príncipe não se alarmou nem um pouco.

– Por favor, Vossa Majestade, sou seu servo – disse ele.

– Meu servo? Seu malandro miserável! Do que está falando?

– Estou aqui para enrolhar a sua garrafona!

– Você está louco? – vociferou o rei, levantando a ponta de sua espada.

– Vou obstruir, tampar, ou seja lá o que for, o vazamento do seu lago, grande monarca – disse o príncipe.

O rei estava tão raivoso que antes que pudesse dizer qualquer coisa, teve tempo de se acalmar e refletir sobre o fato de que seria uma grande perda matar o único homem que havia se disponibilizado para aquela emergência, e saber que, afinal, o garoto insolente logo estaria morto como se tivesse sido assassinado pelas suas próprias mãos.

– Puxa! – ele disse por fim, levantando a grande espada com dificuldade. – Eu o agradeço, jovem tolo! Aceita uma taça de vinho?

– Não, muito obrigado – respondeu o príncipe.

– Muito bem – disse o rei. – Gostaria de visitar seus pais antes de colocarmos o experimento em prática?

– Não, muito obrigado – agradeceu o príncipe.

– Então, vamos lá procurar o buraco de uma vez por todas – disse Sua Majestade e começou a chamar seus empregados.

– Espere, por favor, Vossa Majestade. Tenho uma condição a propor – interpôs o príncipe.

– O quê?! – exclamou o rei – Uma condição a propor a mim? Como ousa?

– Como desejar... – respondeu o príncipe calmamente. – Desejo que Vossa Majestade tenha um bom dia. – Ele ameaçou virar as costas e sair.

– Seu miserável! Estúpido! Vou colocá-lo em um saco e arrolhá-lo no buraco!

– Muito bem, Vossa Majestade – respondeu o príncipe, agora com um tom de respeito um pouco maior, para evitar que a ira do rei lhe tirasse o prazer de morrer pela princesa. – Mas de que adiantaria isso, Vossa Majestade? Lembre-se de que o oráculo diz que a vítima deve se voluntariar.

– Bem, você *já* se ofereceu – respondeu o rei.

– Sim, mas com uma condição.

– Essa história de condição de novo! – vociferou o rei, mais uma vez empunhando a espada. – Saia daqui! Outra pessoa terá o prazer de tirar essa honra dos seus ombros!

– Vossa majestade sabe que não será fácil encontrar outro que queira meu lugar.

– Bem, e qual é a condição? – rugiu o monarca, sentindo que o príncipe estava certo.

– Apenas a seguinte: – respondeu o príncipe – que eu não morra antes de estar completamente afogado, pois a espera será um tanto cansativa, e a princesa, sua filha, deve ir comigo, alimentar-me e segurar as minhas mãos, olhar para mim frequentemente e me confortar, pois Vossa Majestade tem de reconhecer que esta é uma tarefa muito difícil. Assim que a água chegar à altura dos meus olhos, ela poderá ir e ser feliz, e então esquecer seu pobre engraxate.

Nesse instante, a voz do príncipe fraquejou, e ele quase se emocionou, embora tivesse decidido que evitaria sentimentalismos.

– Por que não me falou antes qual era a sua condição? Tanta tempestade por nada! – exclamou o rei.

– Você a concede? – insistiu o príncipe.

– É claro que sim – respondeu o rei.

– Muito bem. Estou pronto.

– Vá jantar enquanto eu pedirei ao meu pessoal para encontrarem o local exato.

O rei comandou seus guardas e deu as direções para que os oficiais encontrassem o buraco no lago uma vez mais. O leito do lago foi minuciosamente dividido e completamente examinado, e em um pouco mais de uma hora o buraco foi encontrado. Estava em uma pedra, próximo ao centro, exatamente na poça em que a placa dourada havia sido encontrada. Era um buraco formado por três furos. Havia água ao redor de toda a pedra, mas uma quantidade muito pequena escoava pelo orifício.

## 14
## Quanta gentileza de sua parte

O príncipe foi se vestir para a ocasião, pois tinha decidido que morreria como príncipe.

Quando a princesa soube que um homem havia se voluntariado para morrer por ela, ficou tão emocionada que pulou fora da cama, mesmo frágil como estava, e dançou pelo quarto de tanta alegria. Ela não se importava quem era o homem, pois não significava nada para ela. O buraco precisava ser tampado, e se um homem havia se oferecido, então, por que questionar a vontade dele. Em uma hora ou duas horas, tudo estaria pronto. Sua empregada a vestiu apressadamente e a levou para as margens do lago. Quando ela viu o lago, deu um grito e colocou as mãos no rosto. Eles a carregaram até a pedra, onde já haviam posicionado um pequeno bote para ela. As águas não eram suficientemente profundas para que o bote flutuasse, mas esperavam que isso seria possível em pouco tempo. Os empregados colocaram almofadas dentro do bote, bem como vinhos e frutas e outras comidas gostosas e ergueram um dossel para protegê-la do sol escaldante.

Em poucos minutos, o príncipe apareceu. A princesa o reconheceu rapidamente, mas não achou necessário agradecê-lo.

– Aqui estou – disse o príncipe –, coloque-me no buraco.

– Disseram-me que era um engraxate – disse a princesa.

– E sou – respondeu o príncipe. – Eu engraxava suas botas três vezes ao dia, pois era tudo o que eu poderia ter de você. Coloque-me no buraco.

Os cortesãos não se ofenderam com a objetividade do príncipe, exceto pelo fato de que ele estava sendo audacioso.

Mas como ele seria colocado? A placa dourada não tinha informações sobre essa questão. O príncipe olhou para o buraco e pensou em uma maneira. Ele colocou as duas pernas dentro do buraco, sentou-se na pedra, inclinou-se para frente e cobriu o canto que permaneceu aberto com as duas mãos. Nesta posição desconfortável, ele decidiu esperar o seu destino e ao virar-se para as pessoas, disse:

– Agora vocês podem ir.

O rei já tinha se retirado para o jantar.

– Agora vocês podem ir – repetiu a princesa, como se fosse um papagaio.

As pessoas obedeceram e se foram.

Nesse instante, uma pequena onda encobriu a pedra e molhou um dos joelhos do príncipe. Mas ele não se importou muito, e então começou a cantar.

*Como um mundo sem poço*
*Reluz no escuro um alvoroço*
*Como um mundo sem brilho*
*De um rio que corre em fio*
*Como um mundo sem olhares*
*Do oceano até os mares*
*Como um mundo sem chuvas*
*Onde o sol seca as uvas*
*Meu coração seria todo seu*
*Se em ti o amor fosse meu*

*Como um mundo sem ruídos*
*Dos riachos afluídos*
*Ou do borbulhar das nascentes*
*No escuro das correntes*
*Ou do marulhar e escoar*
*Dos rios a despencar*
*Ou do cantarolar dos temporais*
*Que rega os bananais*

*Ou da majestosa voz dos oceanos*
*Cujas ondas ecoam aos quatro cantos*
*Minha alma gritaria teu nome*

*Como se o amor morresse de fome*
*Dama, preserve a beleza do mundo*
*E nade pelas águas no fundo*
*O amor me motivou*
*A naufragar em teu louvor*
*Onde as águas murmuram*
*E as trevas conjuram*
*Deixe-me rezar*
*Pelas correntes e pelo mar*
*Que da tua alma impiedosa*
*Raie luz e brote uma rosa.*

– Cante de novo, príncipe. Assim tudo fica menos enfadonho – disse a princesa.

Mas o príncipe estava muito emocionado para continuar cantando e então fez uma longa pausa.

– Quanta gentileza de sua parte – disse, por fim, a princesa com toda a calma enquanto permanecia deitada em seu bote de olhos fechados.

"Desculpe não poder retribuir o elogio", pensou o príncipe, "mas, no final das contas, você merece que eu morra por ti".

Uma nova onda passou pela pedra, e depois outra, e mais uma ainda, encobrindo ambos os joelhos do príncipe, mas ele não falou nada e nem se moveu. Duas, três, quatro horas se passaram dessa maneira. A princesa aparentemente dormia, e o príncipe permanecia lá, muito paciente, porém, ele estava extremamente desapontado com a situação, pois não recebera o consolo que esperava. Ele já não aguentava mais.

– Princesa! – ele chamou.

– Estou flutuando, estou flutuando! – naquele momento a princesa se levantou e pôs-se a gritar.

E o pequeno barco bateu contra a pedra.

– Princesa! – repetiu o príncipe, encorajado em vê-la bem acordada e olhando ávida para a água.

– Sim? – respondeu ela, sem olhar ao redor.

– Seu pai prometeu que você me observaria, e você não olhou para mim nem uma vez.

– Sério? Bem, então, olharei. Mas estou com tanto sono!

– Então, durma, querida, e não se incomode comigo – disse o pobre príncipe.

– Você é realmente um moço muito bom – respondeu a princesa. – Acho que vou dormir mais um pouco.

– Mas, antes, dê-me apenas uma taça de vinho e um biscoito – disse o príncipe humildemente.

– Com todo o meu coração – disse a princesa, bocejando.

Então, ela apanhou o vinho e o biscoito e inclinando-se pela lateral do bote, na direção do príncipe, foi obrigada a olhar para ele.

– Por que, príncipe – ela começou –, você está com essa cara de quem não está se sentindo bem? Tem certeza de que não se importa que eu durma?

– Nem um pouco – respondeu, sentindo-se muito fraco, de fato. – Morrerei sem ter qualquer utilidade a você, a menos que me dê algo para comer.

– Tome isso, então – disse ela, servindo o vinho ao príncipe.

– Ah, você precisa me alimentar. Nem ouso mexer as mãos, a água escoaria diretamente.

– Pela graça de Deus! – exclamou a princesa à medida que começou a alimentá-lo com pedaços de biscoito e goles de vinho.

Enquanto o alimentava, ele tentava beijar a ponta de seus dedos ocasionalmente. Ela não pareceu se importar, fosse de um jeito ou de outro, e o príncipe já se sentia melhor.

– Agora, pelo seu próprio bem, princesa – disse ele – não posso deixá-la dormir. Você deve permanecer sentada e olhar para mim ou eu não conseguirei me manter firme aqui.

– Bem, farei qualquer coisa para atendê-lo – respondeu condescendente e, ao sentar-se, olhou para ele e continuou encarando-o maravilhosamente, pensando em tudo o que ele havia dito.

O sol se pôs, e a lua ascendeu, torrente atrás de torrente, a água já encobria metade do corpo do príncipe, atingindo-lhe a cintura.

– Por que não nadamos um pouco? – sugeriu a princesa. – Parece haver água suficiente já.

– Nunca mais hei de nadar – disse o príncipe.

– Puxa... havia me esquecido – respondeu a princesa e ficou em silêncio.

Então, a água subiu e subiu e encobriu o príncipe ainda mais. A princesa estava sentada, olhando para ele, e o alimentava com alguma frequência. Então, a noite finalmente caiu. As águas subiram mais e mais, agora já haviam chegado ao seu pescoço. A lua cheia se ergueu e iluminava o rosto do príncipe em seu leito de morte.

– Você pode me beijar, princesa? – perguntou enfraquecido. Sua indiferença havia se esvaído por completo.

– Sim, eu posso – respondeu ela e deu-lhe um beijo longo, doce e frio.

– Agora – disse ele, com um ar de contentamento –, posso morrer feliz.

Ele não falou mais nada. A princesa lhe serviu vinho pela última vez: ele já não queria mais comer. Então, ela se sentou novamente e voltou a olhar para ele. A água subia e subia, e agora estava na altura de seu queixo. Depois, chegou à altura de seu lábio inferior e, depois, entre os lábios. Ele os fechou com força para evitar que a água entrasse. A princesa começou a se sentir estranha. A água chegou à altura de seu lábio superior e então ele começou a respirar apenas pelas narinas. A princesa parecia desesperada. Então, a água cobriu as narinas do príncipe, seus olhos transpareciam medo e refletiam uma luz estranha sob o luar. A cabeça dele caiu para trás; a água a encobriu e as bolhas de ar de sua última expiração começaram a subir à superfície da água. A princesa deu um grito e pulou no lago.

Primeiro, ela se agarrou a uma de suas pernas e depois à outra e as puxou e empurrou, mas não conseguia movê-las. Ela subiu para pegar fôlego e aquilo fez com que ela pensasse que ele não conseguiria pegar mais fôlego nem respirar. Ela estava frenética. Ela o segurou e levantou sua cabeça acima do nível da água, que só foi possível uma vez que suas mãos já não tampavam o buraco, mas aquilo foi inútil, pois ele já não respirava mais.

O amor e a água trouxeram de volta toda a força da princesa. Ela mergulhou novamente, e o puxou com toda a força até que finalmente conseguiu tirar uma das pernas do buraco. A outra saiu com mais facilidade. Como ela foi capaz de colocá-lo no barco, ela nunca soube, mas quando o colocou, desmaiou. Ao recobrar a consciência, ela apanhou os remos, manteve-se firme como pôde e remou e remou, embora nunca tivesse remado antes. Ela remou por pedras, superfícies rasas e pela lama, até que finalmente aportou próxima ao palácio. A essa altura, seu pessoal já estava às margens, pois puderam ouvi-la gritar. Ela mandou que carregassem o príncipe até seu quarto, deitassem-no em sua cama, acendessem a lareira e chamassem os médicos.

– Mas, e o lago, Vossa Alteza? – perguntou o camareiro, o qual, espantado com o barulho, entrou no quarto vestido com sua touca de dormir.

– Vá lá e afogue-se no lago! – vociferou ela.

Esta foi a última indelicadeza pela qual a princesa se sentiu culpada. E, convenhamos, ela teve uma boa razão para se irritar com o senhor camareiro.

Se tivesse sido o rei em lugar da princesa, ele teria sido igualmente ríspido, no entanto, ele e a rainha estavam dormindo. O camareiro voltou para sua cama. Os médicos não chegavam nunca. Então, a princesa e a velha babá foram deixadas com o príncipe, porém, a velha babá era uma mulher muito sábia e sabia o que fazer.

Elas tentaram de tudo por muito tempo, mas sem sucesso. A princesa estava quase distraída com uma mistura de esperança e medo, mas continuou tentando reanimá-lo, uma manobra atrás da outra repetidamente.

Por fim, quando já tinham desistido, assim que nasceu o sol, o príncipe abriu os olhos.

## 15
## Olhe a chuva!

A princesa caiu em um choro compulsivo e despencou no chão. Lá ela ficou durante uma hora, e suas lágrimas nunca cessavam. Todo o choro reprimido de sua vida foi gasto neste momento. Em seguida, caiu a chuva, como nunca havia caído naquele país. O sol não parava de raiar e as grandes gotas que caíam diretamente na terra brilhavam igualmente. De repente, o palácio estava no centro de um arco-íris. Era uma chuva de rubis e safiras e esmeraldas e topázios. As torrentes caíam das montanhas como ouro derretido e se não fosse pelo seu estoque subterrâneo, o lago também teria transbordado e inundado o país. Ele estava totalmente cheio!

Mas a princesa nem se atentou ao lago. Ela simplesmente se debruçou sobre o chão e chorou. E essa "chuva" que acontecia dentro do palácio era ainda mais maravilhosa do que a chuva que caía das portas do palácio para fora. Pois assim que deu uma trégua, e a princesa começou a se levantar, descobriu, para sua perplexidade, que não era capaz. Por fim, depois de muito esforço, ela conseguiu se levantar, mas despencou mais uma vez. Ao ouvir sua queda, a velha babá deu um grito de felicidade e correu em sua direção, dizendo:

– Minha doce criança, sua gravidade voltou!

– Isso é a gravidade? – perguntou a princesa, esfregando o ombro e o joelho doloridos alternadamente. – É bem desagradável, em minha opinião. Sinto que vou quebrar em pedaços.

– Uhu! – gritou o príncipe, da cama. – Se você se recuperou, então, eu também! E o lago como está?

– Transbordante! – respondeu a babá.

– Então, estamos todos felizes.

– Sim, estamos! – respondeu a princesa, chorando.

Houve comemoração por todo o país naquele dia de chuva. Até mesmo os bebês esqueceram de seus problemas, brincaram e fizeram incríveis algazarras. O rei contou histórias, e a rainha as ouviu atentamente. Ele repartiu o dinheiro guardado em sua caixa, e ela compartilhou o mel guardado em seu pote com todas as crianças. A alegria tomou conta de todos do reino como nunca antes.

É claro que o príncipe e a princesa noivaram imediatamente, mas a princesa teve de aprender a caminhar antes que se casassem e se mudassem para uma propriedade. E aquilo não foi fácil em sua idade, pois caminhava como um bebê, caía com frequência e se machucava.

– Essa é a tal gravidade que vocês tanto falavam? – perguntou certo dia ao príncipe à medida que ele a levantou do chão. – Quanto a mim, eu estava muito mais confortável sem ela.

– Não, não, não é isso. É isso que é a gravidade – respondeu o príncipe ao apanhá-la e carregá-la no colo como um bebê, beijando-a o tempo todo. – Essa é a gravidade.

– Ah, assim é melhor – disse ela, acomodando-se ao colo dele.

E, então, sorriu o sorriso mais doce e adorável diante do príncipe, e deu-lhe um beijinho. Ele achou que a recompensa fora um pouco desproporcional, pois estava completamente tomado por satisfação. Embora, temo que ela tenha reclamado de sua gravidade mais de uma vez após isso.

Demorou muito tempo até que ela se habituasse a caminhar, mas a dor do aprendizado foi contrabalanceada por duas coisas e qualquer uma das duas teria sido um consolo suficiente. A primeira é que o próprio príncipe era seu professor, e a segunda era que podia entrar no lago sempre que quisesse. Ainda assim, ela preferia que o príncipe pulasse com ela e o *tibum* de antes não se comparava ao *tibum* de agora.

O rio nunca mais secou. Ao longo do tempo, ele desgastou o teto da caverna quase completamente, e sua profundidade duplicou.

A única vingança da princesa em relação à tia foi pisar com força no seu dedão do pé com gota assim que a viu, mas se arrependeu daquilo no dia seguinte quando ouviu dizer que a água havia tomado a casa dela, derrubado-a durante a noite e a soterrado em suas ruínas, de onde ninguém ousava desenterrar seu corpo. E lá está ela até hoje.

Então, o príncipe e a princesa viveram e foram felizes. Eles usavam coroas de ouro e roupas de tecido e sapatos de couro e tiveram filhos, meninos e meninas, nenhum dos quais, jamais, em nenhuma ocasião, perdera o menor átomo sequer de sua proporção gravitacional.

# O coração do gigante

Era uma vez um gigante que morava na fronteira da Terra dos Gigantes, que fazia divisa com o país de pessoas comuns.

Tudo na Terra dos Gigantes era tão grande que as pessoas comuns apenas viam um aglomerado de montanhas e nuvens, e nenhum homem jamais havia voltado vivo de lá, até onde as pessoas sabiam, para contar o que vira lá.

Em algum lugar próximo dessa fronteira, à beira de uma grande floresta, morava um trabalhador com a sua esposa e muitas crianças. Certo dia, Nina-Peraltinha, conforme a chamavam, provocou o irmão, Caio-Corado, até que ele não aguentou mais e deu-lhe um puxão de orelha. Nina-Peraltinha chorou. Então, Caio-Corado se arrependeu tanto e se sentiu tão envergonhado que também chorou e correu para a floresta. Ele demorou tanto a voltar que Nina-Peraltinha ficou assustada, pois gostava muito do irmão e estava chateada por tê-lo provocado e o feito chorar. Então, pôs-se a correr pela floresta em busca dele, embora fosse mais fácil perder-se do que encontrá-lo. E, de fato, foi isso que aconteceu, pois, correndo sem olhar para onde, ela chegou a um vale desconhecido, ou melhor, o que ela pensou que era um vale, arredondado, com pedras nas laterais, era apenas um espaço entre duas raízes de uma grande árvore que crescia na fronteira da Terra dos Gigantes. Ela escalou pelas laterais e caminhou na direção do que confundiu com uma montanha negra, de topo arredondado, bem distante. Mas, logo, descobriu bem próximo dela um lugar oco e tão grande que ela não sabia o que deveria haver lá. Ao encará-lo, ela descobriu que havia um portal e, ao aproximar-se e observar meticulosamente o seu interior, ela viu uma porta com uma aldrava de ferro pendurada muitos metros acima de sua cabeça e tão grande como a âncora de um grande navio. Ninguém jamais havia tratado Nina-Peraltinha com indelicadeza e, portanto, ela não tinha medo de ninguém, pois ela nem sequer considerava o puxão de orelha de Caio-Corado uma ofensa. Então, ao espiar por um buraco na base da porta que havia sido roída por um rato gigante, ela rastejou por ali e deparou-se com um enorme saguão. Ela não conseguia ver o outro lado daquilo tudo, exceto a lareira enorme que queimava lá dentro, que mais parecia um incêndio ao longe. Na direção dessa lareira, ela correu tão rápido quanto pôde e não estava longe quando algo caiu diante dela com um chacoalhar enorme, sobre o qual ela tropeçou e rolou no chão. Ela não se machucou muito, levantou--se rapidamente e notou que aquilo em que havia tropeçado não era diferente de um grande balde de ferro. Ao examinar mais de perto, descobriu que era um dedal e ao olhar para cima para saber quem o havia derrubado, avistou um grande rosto, com óculos tão grandes quanto as janelas redondas de uma igreja. O rosto estava inclinado na direção dela e procurava o dedal por todos os lados. Nina-Peraltinha imediatamente se agarrou ao dedal e o ergueu a uma polegada do nariz bisbilhoteiro da giganta. Esse movimento fez a velha enxergar o dedal, e ela então enfiou o dedo nele e o objeto sumiu da vista de Nina-Peraltinha, emaranhado às dobras de uma meia-calça branca, como uma nuvem no céu, que a ocupada senhora Giganta tricotava. Era sábado à noite, e seu marido não vestia nada além das meias brancas aos domingos. Ele certamente se alimentava de criancinhas, mas só aquelas *bem* pequenas e que passassem por sua frente.

No mesmo instante, Nina-Peraltinha ouviu um ruído, como se o vento batesse em uma árvore repleta de folhas e não imaginava o que aquilo poderia ser. Até que, ao olhar para o alto, descobriu que era a giganta sussurrando algo a ela e, quando aguçou os ouvidos, pôde ouvir bem o que ela dizia.

– Corra, doce garotinha – dizia ela –, corra o mais rápido que puder, pois o meu marido vai chegar em poucos minutos.

– Mas eu nunca fiz nada de mal ao seu marido. Por que devo fugir? – perguntou Nina-Peraltinha, olhando para o alto, no rosto da giganta.

– Isso não faz diferença. É melhor você ir. Ele gosta de criancinhas, especialmente as garotinhas menores.

– Bem, então, ele não vai me machucar.

– Não tenho tanta certeza disso. Ele gosta tanto delas que as engole inteiras. Temo que ele não deixaria de machucá-la, nem que fosse só um pouquinho. Apesar disso, ele é um homem muito bom.

– Bem, já que é assim – começou Nina-Peraltinha, sentindo-se assustada, mas antes que pudesse finalizar sua frase, ouviu o som de passos muito pesados e bem distantes.

No momento seguinte, quem veio correndo em sua direção a toda velocidade, e pálido como a morte, foi Caio-Corado. Ela abriu os braços, e ele a abraçou, mas ao tentar beijá-lo, ela apenas beijou sua nuca, pois seu rosto pálido e olhos arregalados viraram-se para a porta imediatamente.

– Corram, crianças, corram! Corram e escondam-se! – exclamou a giganta.

– Venha, Caio-Corado – chamou Nina-Peraltinha. – Aquele é um bom obstáculo. Vamos nos esconder lá!

O obstáculo era uma grande vassoura. Eles mal haviam se agarrado às cerdas quando ouviram a porta abrir com o som de um trovão e, então, o gigante entrou. Você pensaria que estava vendo todo o planeta Terra pela porta assim que ele a abriu de tão grande que era. E quando fechou, foi como o anoitecer.

– Onde está aquele garotinho? – ele gritou, com a voz estridente como o bramido de um canhão. – Ele parecia de fato um garoto realmente bom. Tenho quase certeza de que entrou pelo buraco de rato, por baixo da porta. Onde ele está, querida?

– Eu não sei – respondeu a giganta.

– Você sabe que é feio contar mentiras, não sabe, meu bem? – perguntou o gigante.

– Ora, Trovejo, seu velho ridículo! – exclamou a esposa com um sorriso tão largo quanto o oceano sob o sol. – Como posso ajustar suas meias brancas e cuidar de crianças pequenas? Você já tem o suficiente para domingo, tenho certeza. Veja como são bons meninos!

Nina-Peraltinha e Caio-Corado espiaram pelas cerdas da vassoura e notaram, então, uma fileira de outros meninos pequenos, quase uma dúzia deles, com rostos bem gordinhos e de olhos esbugalhados, sentados diante da lareira, olhando estupidamente para ela. Muitos deles virariam picles e, por essa razão, estava alimentando-os muito bem antes de salgá-los. Ocasionalmente, no entanto, não conseguia deixar de comê-los, e então os engolia, mesmo sem sal.

Ele correu na direção das crianças miseráveis. Agora, o que as tornava ainda mais miseráveis era o fato de que sabiam que se deixassem de comer e emagrecessem, o gigante os desprezaria e os expulsaria para que voltassem aos seus lares, mas apesar disso, eram tão gulosos que comiam mais do que podiam aguentar. A giganta, que os alimentava, confortava-se com a ideia de que eles não eram garotos e garotas de verdade, mas porquinhos que fingiam ser garotos e garotas.

– Conte-me a verdade – gritou o gigante, inclinando o rosto na direção das crianças.

Eles tremeram de terror e sempre tinham esperança de que o gigante gostasse mais de outra criança.

– Onde está o garotinho que acabou de correr pelo saguão? Quem contar mentiras para mim será instantaneamente fervido!

– Ele está na vassoura – gritou um garoto com o rosto redondo feito uma rosquinha. – Ele está lá, e tem uma garotinha com ele também.

– Essas crianças traquinas... – gritou o gigante – estão se escondendo de mim! – e então correu na direção da vassoura.

– Segure-se nas cerdas, Caio! Esconda-se atrás de um tufo e segure firme – gritou Nina-Peraltinha, a tempo de que ele agisse.

O gigante pegou a vassoura e não viu nada embaixo dela, então a colocou no chão com uma força que lançou as crianças longe. Em seguida, correu na direção dos garotos, apanhou o garoto com cara de rosquinha pelo pescoço, tirou a tampa de uma grande panela com água que fervia no fogão, jogou-o lá dentro como se fosse uma galinha amarrada, colocou a tampa de volta e alertou:

– Vejam o que acontece com garotos mentirosos!

Então não fez mais perguntas, pois ele sempre mantinha a palavra e teria de fazer o mesmo com os outros garotos, caso mentissem, mas garotos cozidos não lhe apeteciam. Ele gostava de garotos crocantes, igual rabanete, e mastigava-os com gosto. Então, ele se sentou e perguntou à esposa se o jantar estava pronto. Ela olhou dentro da panela e, ao pegar o garoto com a concha, como se fosse um besouro preto que havia caído na panela e tido o pior desfecho possível, respondeu que achava que sim. Nesse momento, ele se levantou para ajudá-la e, ao tirar a panela do fogo, despejou todo o conteúdo, borbulhando e espirrando, em um prato que parecia uma tigela. Depois, sentaram-se para o jantar. As crianças agarradas à vassoura não puderam ver o que comeriam, mas pareceu agradá-los, pois o gigante falava feliz e alto como um trovão, e a giganta respondia como o oceano e não pararam de tagarelar. Por fim, o gigante disse:

– Não me sinto muito confortável em relação ao meu coração. – E à medida que falou, ao invés de colocar a mão no peito, ele a abanou na direção do canto em que as crianças estavam espiando, em meio às cerdas da vassoura, como ratinhos apavorados.

– Bem, você sabe, meu querido Trovejo – respondeu a esposa –, eu sempre pensei que seu coração deveria ficar perto de casa. Mas você é quem sabe, é claro.

– Você não sabe onde ele está, querida. Eu o tirei de onde estava algum tempo atrás.

– Que homem teimoso você é, Trovejo! Você acredita em qualquer criatura que não seja a sua esposa.

Nesse momento, a giganta chorou e soluçou, e soou exatamente como uma onda, debatendo-se contra a boca de uma caverna até o teto.

– Onde ele está agora? – ela perguntou, controlando as emoções.

– Bem, Doodlem, eu não me importo em contar a você – respondeu o gigante de forma confortadora. – A grande águia-fêmea o confundiu com um ovo em seu ninho. Ela permanece sentada sobre ele noite e dia e pensa que trará a águia maior com o bico afiado, que vive nas rochas do Monte Skycrack. Posso garantir que ninguém mais vai tocá-lo enquanto ele estiver com ela, mas ela é muito inconstante, e confesso que estou incomodado, pois o menor arranhão de uma de suas garras seria o suficiente para acabar comigo imediatamente. E ela tem belas garras!

Eu sugiro a todos que duvidam desta parte da minha história que leiam as crônicas da Terra dos Gigantes preservadas entre as nações celtas. Era algo muito comum um gigante colocar o coração aos cuidados externos, pois eles não gostavam de ter a responsabilidade e preocupação de seus corações por conta própria. Mas confesso que foi um plano perigoso, especialmente em se tratando de um órgão tão delicado quanto o coração.

Durante todo esse tempo, Caio-Corado e Nina-Peraltinha ouviam com muita atenção.

"Puxa", pensou Nina-Peraltinha, "se eu encontrasse o coração desse gigante cruel, eu lhe daria um belo apertão!"

O gigante e a giganta continuaram conversando por muito tempo. A giganta aconselhou ao gigante que escondesse o coração em algum lugar dentro de casa, mas ele pareceu amedrontado com a vantagem que ela teria sobre ele.

– Você pode escondê-lo no fundo do barril de farinha – disse ela.

– Isso me faria engasgar – ele respondeu.

– Bem, então o coloque no porão de carvão; ou no buraco de poeira, esse é o lugar! Ninguém pensaria em procurá-lo no buraco de poeira.

– Muito pior – gritou o gigante.

– Bem, no galão de água – ela sugeriu.

– Não, não. Ficaria esponjoso lá – respondeu ele.

– Bem, então, o que pretende fazer com ele?

– Eu o deixarei mais um mês onde ele está e depois o entregarei à Rainha dos Cangurus, e ela o carregará em sua bolsa para mim. É melhor mudá-lo de lugar, você sabe, para evitar que meus inimigos o farejem. Mas, querida Doodlem, é inquietante ter de cuidar do próprio coração, é responsabilidade demais para mim. Se não fosse pelos rabanetes que como aqui e acolá, eu não suportaria.

Nesse instante, o gigante olhava adoravelmente para a fileira de garotinhos que estavam ao lado da lareira, todos os quais conversavam entre si, ou então estavam adormecidos no chão.

– Por que não confia seu coração a mim, querido Trovejo? – perguntou a esposa. – Eu cuidaria dele com todo o cuidado possível.

– Eu não duvido, meu amor, mas seria responsabilidade demais para uma esposa. Você não seria mais a minha querida Doodlem, tão generosa, leve e risonha. Você se transformaria em uma mulher pesada, tirana e embrutecida pela vida, assim como eu sou.

O gigante fechou os olhos e fingiu dormir. A esposa pegou as meias, continuou cerzindo-as, e começou a balançar a cabeça para cima e para baixo enquanto trabalhava.

– Agora, Caio-Corado – sussurrou Nina-Peraltinha –, agora é a nossa vez. Acho que já anoiteceu e temos de sair daqui. Há uma porta com um buraco para o gato, logo atrás de nós.

– Tudo bem – disse Caio –, estou pronto.

Então, eles saíram de trás da vassoura e rastejaram pelo chão. Mas, para sua enorme decepção, quando passaram pelo buraco, chegaram a um tipo de galpão. Era um local repleto de vasilhas e outros utensílios e, embora fosse construído apenas de madeira, não conseguiram encontrar sequer uma rachadura.

– Vamos tentar esse buraco aqui – disse Nina-Peraltinha, pois o gigante e a giganta estavam dormindo atrás deles, e eles não ousavam voltar.

– Tudo bem – disse Caio.

Ele raramente dizia muito mais do que "tudo bem".

Agora eles rastejaram até o buraco e descobriram que era muito escuro, mas, ao tateá-lo, logo notaram uma rachadura pequena, pela qual eles espiaram e viram alguma grama, pálida, iluminada com a luz da lua. À medida que rastejavam, notaram que o buraco começou a crescer e ascender.

– Que barulho de corredeira é esse? – perguntou Caio-Corado.

– Não sei – respondeu Nina-Peraltinha –, pois eu não sei onde estamos.

O fato era que eles rastejavam por um canal no centro de uma árvore gigante, e o barulho vinha da seiva que corria por seus vasos condutores. Quando colocaram os ouvidos sobre a parede, puderam ouvir seu gorgolejo junto de um som agradável.

– É um som calmo e bom – disse Nina-Peraltinha. – É água correndo, e deve estar fluindo para algum lugar. Vamos seguir o som para saber onde vamos chegar.

Mas era cada vez mais difícil continuar, pois tinham de escalar como se escalassem uma montanha, e tudo ali era bastante amplo. Quase esgotados, viram uma luz acima de suas cabeças finalmente e, rastejando por uma rachadura ao ar livre, notaram que estavam na bifurcação de uma árvore gigante. Um espaço grande, vasto e desigual os cercava, do qual ramos se espalhavam em todas as direções, o menor deles era tão grande quanto a maior árvore no país das pessoas comuns. Acima de suas cabeças havia folhas suficientes para cobrir todas as árvores que já tinham visto na vida.

Não havia muita luz da lua agora, mas as folhas reluziam uma luz branca quando sopradas ocasionalmente pelo vento, e, frequentemente, uma ventania agitava as folhas com um barulho bem alto. A árvore estava repleta de pássaros gigantes, mas, com exceção de alguns gorjeios ocasionais, que soavam como um cano estridente, eles não emitiam nenhum ruído. De repente, uma coruja-macho começou a piar, embora certamente achasse que estava cantando. Assim que começou, outros pássaros responderam, zombando dela. As crianças, para surpresa delas, descobriram que eram capazes de entender o canto dos pássaros e da coruja, que cantavam assim:

*Canto uma canção.*
*Eu sou a coruja.*

*Então, cante para mim,*
*Ave feia e suja.*
*O que queres cantar,*
*Quando a noite adentrar?*

*Canto sobre a noite,
Pois eu sou a coruja!*

*Não podes ver a luz,
Fique aqui ou fuja.
Veja a lua e o sereno!
E as sombras do terreno! Uhh-Uhh!*

A coruja-macho abriu suas asas silenciosas, leves e furtivas, e, espremendo-se entre Nina-Peraltinha e Caio-Corado, quase sufocou os dois, cobrindo cada um com uma asa. Foi como ser enterrado por alguns instantes. Mas a coruja não gostava de nada sob suas asas e, então, abriu-as novamente, e as crianças se apressaram para sair de lá. Nina-Peraltinha imediatamente correu à frente da ave e, ao olhar em seu rosto gigante, que era tão redondo quanto as lentes dos óculos da giganta, mas ainda maior, foi bastante cortês, dizendo:

– Por favor, dona coruja, quero sussurrar algo a você.

– Muito bem, criancinha – respondeu a coruja com ar de superioridade e aproximou o ouvido na direção dela. – O que tem a dizer?

– Por favor, diga-me onde mora a águia que choca o coração do gigante.

– Ó, criancinha insolente! Isso é um segredo. Que feio!

E com um pio que aterrorizou ambos, a coruja voou para dentro da árvore. Todos os pássaros gostam de segredos, mas nem todos são capazes de guardá-los tão bem quanto a coruja.

Então, as crianças continuaram seu caminho, pois não tinham nada mais a fazer. A árvore era repleta de lombadas e buracos ocos, e o caminho era áspero e difícil. Vez ou outra, eles caíam em poças de água da chuva; vez ou outra, tropeçavam em ramos que cresciam do tronco e eram tão grandes quanto álamos adultos. Às vezes, deparavam-se com grandes almofadas de um musgo macio e, em um deles, deitaram-se e descansaram. Ali avistaram um rouxinol enorme pousado em um dos galhos com seus olhos brilhantes observando a lua lá no alto. No momento seguinte, ele começou a cantarolar, e os pássaros que estavam ao redor começaram a interagir, mas em um tom diferente daquele que haviam dirigido à coruja. Ah, os pássaros chamavam o rouxinol de tantos nomes lindos! O rouxinol cantou, e os pássaros responderam assim:

*Vou cantar uma canção.*
*Eu sou o rouxinol.*
*Canto uma canção bem longa,*
*Num suave bemol!*

*Mas, rouxinol, sobre o que cantas?*

*Canto sobre as flores, árvores e plantas.*

*Cante sobre as luzes,*
*Luzes que desbotaram.*
*Sobre o brilho que reluziam*
*E agora se apagaram!*
*Saudoso passado,*
*Que passou desavisado.*

O rouxinol cantava tão docemente que as crianças teriam dormido se não fosse pelo receio de perder alguma parte da canção. Quando o rouxinol parou de cantar, eles se levantaram e continuaram a caminhada. Contudo, eles não sabiam para onde estavam indo, mas pensaram que seria melhor continuar, pois dessa forma descobririam algo aqui ou acolá. Eles se arrependeram de não ter perguntado ao rouxinol sobre o ninho da águia, mas sua música havia desviado toda a atenção, e decidiram, então, que não esqueceriam de perguntar da próxima vez que tivessem uma oportunidade. Continuaram caminhando até se cansarem, e Nina-Peraltinha disse, por fim, tentando manter o bom humor:

– Confesso que as minhas pernas doem como se fossem de uma boneca de plástico.

– Então, é melhor parar e descansar. Vamos nos deitar aqui – disse Caio-Corado.

Eles estavam ao lado de um ninho abandonado e olharam com prazer para dentro daquela cavidade cheia de musgos. Em seguida, arrastaram-se gentilmente para dentro do ninho e deitaram nos braços um do outro. Lá era tão profundo, quentinho, confortável e macio que logo adormeceram.

Mas, ali, ao lado deles, havia outro ninho, onde morava uma cotovia e sua esposa; e as crianças foram acordadas bem cedinho, em razão de uma briga entre o senhor e a senhora cotovia:

– Deixe-me levantar – disse o senhor cotovia.

– Ainda não é hora – respondeu a senhora cotovia.

– É, sim! – respondeu o senhor cotovia grosseiramente. – A escuridão praticamente se foi. Quase posso ver o meu próprio bico!

– Não diga bobagem! – respondeu a senhora cotovia. – Você sabe que ontem chegou em casa muito cansado. Teve de voar muito alto para conseguir vê-lo. Tenho certeza de que ele brilharia mesmo sem você se aproximar tanto. Fique em silêncio e volte a dormir.

– Ele não precisa de mim – disse o senhor cotovia. – Sou eu que preciso dele. Deixe-me levantar.

Ele começou a cantar, e Nina-Peraltinha e Caio-Corado, que entendiam a linguagem dos pássaros e haviam aprendido como cantar uma canção, responderam a ele:

*Vou cantar uma canção.*
*Eu sou a cotovia.*

*Cante, sim, essa canção*
*Seja noite ou seja dia.*
*Mas sobre o que vai cantar?*
*Sobre os raios do sol ou do luar?*

*É por isso que eu chamo*
*Não posso pensar*
*Não me deixe aqui em prantos*
*Eu quero é levantar*
*Espero feito um girassol*
*Para beber a luz do sol.*

A cotovia curiosa já estava em pé na beira do ninho e olhava as crianças.

– Pobres coisinhas, vocês não conseguem voar? – perguntou a cotovia.

– Não, mas podemos olhar para o alto – disse Nina-Peraltinha.

– Ah, vocês não sabem como é ver os primeiros raios de sol despontarem no horizonte.

– Mas sabemos bem como é esperar por ele. Mas o sol não ficará pior se você não o ver primeiro, não é?

– Ah, não, certamente não – respondeu a cotovia com condescendência e depois, mergulhando em seu júbilo, lançou-se em seu voo, batendo as asas como se não tivesse tempo a perder.

– Conte-nos onde vai – Caio-Corado perguntou.

Mas o senhor cotovia já não podia mais ser visto. Apenas sua canção ainda ecoava por todas as partes.

– Pássaro egoísta – disse Caio-Corado. – É muito bom que cotovias saiam em busca do sol, mas elas não podem desprezar os vizinhos por isso.

– Será que posso ser útil a vocês? – perguntou um pássaro com a voz doce de dentro do ninho.

Era a esposa do senhor cotovia que ficara em casa com as jovens cotovias enquanto o marido fora à igreja.

– Ó, muito obrigada, por gentileza... – respondeu Nina-Peraltinha.

E, de repente, apareceu uma cabeça linda de cor marrom e, depois, um corpo marrom cheio de penas e, por último, pernas finas apareceram na beira do ninho. Depois de olhar as crianças, o pássaro se virou e, olhando para baixo, dentro do ninho, de onde se ouviu uma ladainha de chiados pelo café da manhã, disse:

– Deitem-se quietinhos, meus pequenos. – E depois, voltou-se às duas crianças – Meu marido é o rei das cotovias.

Caio-Corado tirou o chapéu, e Nina-Peraltinha encurvou-se em sinal de reverência.

– Ó, não sou eu – disse ela, muito tímida. – Eu sou apenas a sua esposa. É de meu marido que falo. – Então, olhou para cima, buscando encontrá-lo no céu. Enquanto isso, sua canção ainda ecoava, agora muito suavemente e bem distante.

– Ele é um pássaro esplêndido – disse Caio-Corado – e parece gostar de acordar bem cedo.

– Ó, não é sempre que ele acorda tão cedo. Mas me conte o que eu posso fazer por vocês.

– Conte-me, por favor, senhora cotovia, onde é que a águia-fêmea choca o coração do gigante Trovejo.

– Puxa, isso é um segredo!

– Você prometeu não contar?

– Não, mas cotovias têm de ser discretas. Elas veem mais do que os outros pássaros.

– Mas você não voa alto como o seu marido, não é mesmo?

– Não faço isso com frequência, mas não importa, pois descubro algumas coisas justamente por isso.

– Então, conte-me e cantarei uma canção a você – disse Nina-Peraltinha.

– Você também canta? Mas você não tem asas!

– Sim, eu sei cantar e cantarei uma canção que aprendi um dia desses sobre uma cotovia e sua esposa.

– Cante, sim, por favor – disse a esposa da cotovia. – Fiquem quietas, crianças, e ouçam.

Nina-Peraltinha estava muito satisfeita por saber cantar uma canção que agradaria a esposa do senhor cotovia, embora desconfiasse de que o senhor cotovia pudesse gostar, se a tivesse ouvido. Então, ela se pôs a cantar:

*"Bom dia, meu senhor", ouviu-se pelo céu,*
*Assim cantou a cotovia ao sol, lindo e fiel.*
*"Irradie sobre mim, senhor, eu venho sozinho,*
*De todos os seus súditos, trago a ti todo o meu carinho.*
*Voei por uma hora, bem alto no céu, eu juro,*
*Para sorver-te o primeiro raio, o mais prematuro."*

*"Devo lhe agradecer" disse o rei das cotovias,*
*"Pois voar tão alto requer, sobretudo, valentia*
*Um copo cheio para matar a minha sede*
*É como muito amor ou um bosque muito verde.*
*Há muitos pássaros que jamais se precipitam,*
*Mas esperam que eu apareça e então chiam."*

*O rei se escondeu em uma nuvem de turbante,*
*E o senhor cotovia silenciou, desconcertante.*
*Mas ele voou bem alto e pôs-se a pensar:*
*Logo, a ira do rei vai se dissipar,*
*E sua coroa brilhante acima do mar de nuvens,*
*Transformará as minhas penas em um lindo lúmen.*

*Então, voou bem alto, avante e em desatino*
*Mas ao subir, a nuvem encobriu o céu matutino.*
*E nem mais um raiozinho sequer*
*Do majestoso sol se pôde ver.*
*Até que, cansado de voar e lamentar,*
*O senhor cotovia decidiu voltar.*

*Mas as suas asas não tinham sequer pó de ouro,*
*E suas penas gastas mais pareciam as de um velho louro.*
*E lá no ninho em que sozinha deixara a esposa,*
*Estava seu amor valente como uma bela raposa.*
*Ela chocava os ovos com todo o amor e carinho,*
*De onde eclodiriam todos os seus filhinhos.*

*Eu disse "sozinha"? Ó, por favor, perdoe o engano,*
*Bem em seu rosto se via o rei em um voo plano.*
*"Bem-vindo de volta, senhor", ela então o acolheu,*
*"Pareces exausta", ele disse, e depois se recolheu.*
*Enquanto cantava tão alto e distante todo o seu amor,*
*O sol aquecia seu ninho e esposa com o seu calor.*

*Ele havia coroado sua prole com todo o seu esplendor,*
*E irradiado sua luz pela esposa, este foi o rumor.*
*E tão gloriosa ela parecia até avermelhada,*
*Que o seu marido chegou a pensar que era uma piada.*
*Ele descansou a sua cabeça sobre o seu ombrinho,*
*E esperou que o sol se desvanecesse, todo ligeirinho.*

Quando Nina-Peraltinha terminou sua canção, a senhora cotovia começou a cantar de maneira doce uma linda e modesta canção. E depois de cantarolar por dois ou três minutos, perguntou:
– Queridas crianças, como posso ajudá-los?
– Conte-nos onde mora a águia-fêmea, por favor – suplicou Nina-Peraltinha.

– Bem, acho que não há mal nenhum em contar este segredo para vocês, boas crianças – disse a senhora cotovia. – Tenho certeza de que não farão nenhuma travessura.

– Oh, não, pelo contrário – disse Caio-Corado.

– Então, contarei a vocês. Ela mora no pico mais alto do Monte Skycrack e a única maneira de chegar lá é escalar pelas teias de aranha que o cobrem de cabo a rabo.

– Isso é muito difícil – disse Nina-Peraltinha.

– Vocês não podem subir lá, seus tolinhos! E por que querem subir lá?

– É um segredo – disse Nina-Peraltinha.

– Bem, não vou insistir para que me contem um segredo... – respondeu a senhora cotovia, um tanto ofendida e bastante envergonhada por ter contado o segredo a eles. Então, voou para buscar alguma comida para os filhos, os quais, a essa hora, já estavam chiando impacientemente. As duas crianças olharam uma para a outra, deram-se as mãos e se foram.

Depois de um minuto, o sol já raiava lá no alto, e eles logo encontraram a parte externa da árvore. A casca era tão saliente, áspera e cheia de galhos que eles conseguiram descer, sem muita dificuldade. Depois, ao longe, na direção norte, avistaram um pico gigante, como o pináculo de uma igreja, erguendo-se pelos céus. Eles imaginaram que aquele era o Monte Skycrack e dirigiram-se a ele. Conforme caminhavam, viram um gigante ou dois correndo pelos campos, outros corriam em meio à floresta, mas mantiveram-se longe deles. Eles não quiseram se arriscar, colocando-se em perigo, pois sabiam que um ou outro gigante da fronteira gostava de crianças.

Finalmente, chegaram aos pés do Monte Skycrack, que estava em uma planície, sozinho; não sei quantos mil metros tinha o monte, mas ele parecia estar pendurado no ar, comprido e estreito como uma lança. Toda a sua face, do cume à base, estava coberta por uma teia de aranha interligada, com fios de diversos tamanhos, desde a grossura de um fio de seda até a de um cordel de chicote. As teias balançavam, tremiam e ondulavam contra a luz do sol, brilhando feito prata. Em todo seu entorno, corriam aranhas enormes e gulosas, as quais caçavam moscas gigantes e as devoravam.

Nesse momento, eles se sentaram para discutir o que fariam. As aranhas não podiam vê-los, pois estavam ocupadas devorando as moscas. Nos pés da montanha, e ao redor de toda ela, havia um anel de água, não muito grande, mas muito fundo. Enquanto permaneciam sentados observando uma das aranhas, cuja teia perpassava o anel d'água, de alguma forma ou de outra, esta mesma aranha perdeu o apoio e caiu de costas na água. Nina-Peraltinha e Caio-Corado correram para ajudá-la, cada um segurou uma pata, com sucesso, e com o movimento das outras patas, que se coordenaram aranhisticamente, a aranha voltou à terra firme. Assim que o senhor aranho se sacudiu e se secou um bocado, virou-se para as crianças e perguntou:

– E agora, como posso ajudá-los?

– Por favor, diga-nos – disseram as crianças – como podemos chegar ao topo da montanha, até o ninho da águia-fêmea.

– Não há nada mais fácil do que isso – respondeu o senhor aranho. – Corram até lá e digam que eu os enviei, e ninguém os incomodará.

– Mas nós não temos garras como você, senhor aranho – disse Caio-Corado.

– Puxa... pobres criaturas desprovidas! Mesmo assim, acho que é possível. Venham comigo até minha casa.

– O senhor não vai nos devorar, não é mesmo? – questionou Caio-Corado.

– Minha doce criança – respondeu o senhor aranho com a dignidade ferida –, eu não como nada além de criaturas traiçoeiras ou imprestáveis. Vocês me ajudaram, e agora é a minha vez de ajudá-los.

Então as crianças se levantaram e puseram-se a escalar, como podiam, o monte com o senhor aranho até alcançarem o seu ninho, no centro da teia. Eles não acharam muito difícil, pois sempre que havia um buraco muito grande, a aranha lançava uma grande corda que se esticava exatamente até onde eles deveriam pisar. O senhor aranho os deixou em seu ninho e depois trouxe para eles dois sacos enormes de mel, retirado das abelhas que ele havia devorado, e, nesse momento, seis aranhas das mais sábias voltaram com ele. Foi horrível olhar para o alto e ver todas elas ao redor da entrada do ninho, olhando para baixo de modo contemplativo, como se imaginassem se as crianças seriam boas presas. Por fim, uma delas disse:

– Digam-nos a verdade sobre o querem com a águia, e nós os ajudaremos.

Nina-Peraltinha lhes contou que havia um gigante na fronteira que tratava criancinhas igual a rabanetes e que eles escaparam por pouco de serem devorados por ele. Eles também disseram que haviam descoberto que a águia-fêmea do Monte Skycrack chocava o coração deste gigante e que se pudessem apanhar o coração, ensinariam ao gigante como se comportar melhor.

– Mas – disse a anfitriã – se pegar o coração do gigante, descobrirá que ele é tão grande quanto os elefantes de sua terra. Como vão carregá-lo?

– O menor arranhão pode matá-lo... – comentou Caio-Corado.

– Ah, vamos ajudá-los – disse a aranha. – Tome um pequeno saco de suco de aranha. Os gigantes detestam as aranhas, e esse suco é um poderoso veneno contra eles. Estamos todas prontas para subir com vocês e despistar a águia. Então, coloque o coração dentro deste outro saco e desçam com ele, então, o gigante estará sob o seu poder.

– Mas como podemos fazer isso? – perguntou Caio-Corado. – Este saco de pano não é muito maior do que o saco que usamos para fazer coalhada.

– Mas ficará do seu tamanho ao carregarem.

– Sim, mas o que faremos com o coração?

– Coloque-o dentro do saco. Certifique-se disso. Mas, primeiro, esprema uma gota do veneno da outra sacola sobre ele. Você verá o que vai acontecer.

– Muito bem, faremos o que nos disse – falou Nina-Peraltinha. – E agora, por gentileza, como vamos até lá?

– Ah, deixe conosco! – exclamou a aranha. – Venha comigo, e meu avô levará seu irmão. Suba aqui.

Então Nina-Peraltinha montou sobre a parte estreita das costas da aranha e segurou firme. Caio-Corado subiu nas costas do avô e se segurou, também. E para o alto eles se moveram rapidamente, passando de uma teia a outra e cada vez mais alto e rápido! Todas as aranhas os seguiram de modo que, quando Nina-Peraltinha olhou para trás, ela viu um exército inteiro de aranhas correndo atrás deles.

"O que mais podemos querer se temos a ajuda de tantas aranhas?", pensou Nina, mas ficou em silêncio.

A lua estava bem alta, e a vista abaixo e ao redor deles era esplêndida. Toda a Terra dos Gigantes podia ser vista sob eles, com suas grandes colinas, lagos, árvores e animais. Acima deles estava o céu límpido, e o Monte Skycrack se erguia com suas intermináveis escadas de teias de aranha, brilhando como cordas feitas de raios lunares. E, sobre esses raios, um exército enorme de aranhas subia rastejando, embaralhando-se e correndo.

Por fim, chegaram ao cume, onde pararam. Nina-Peraltinha e Caio-Corado conseguiam ver uma grande bola de penas acima deles, que encimava o topo da montanha, como se fosse um ornamento.

– Como a tiraremos de lá? – indagou Caio-Corado.

– Logo conseguiremos isso – respondeu o avô-aranho. – Você desce aqui!

O exército inteiro correu o alto, as aranhas passaram pelas crianças e chegaram à beira do ninho, próximas da águia-fêmea, e, então, se esconderam entre suas penas. Rapidamente ela ficou inquieta e começou a bicar as penas por todos os lados. De repente, ela abriu as asas e, como um furacão, voou até o lago para se banhar. Imediatamente, as aranhas começaram a descer em todas as direções das asas repletas de teias. As crianças tiveram de se manter firmes para que o vento produzido pelo voo da águia não as soprasse para longe. Assim que tudo se acalmou, eles olharam dentro do ninho e lá estava o coração do gigante, feio e terrível!

– Vá logo, criança! – ordenou a aranha para Nina-Peraltinha.

Então a menina pegou a bolsa e espremeu uma gota do veneno sobre o coração. Ela disse que ouviu o gigante rugir de dor embora estivesse bem distante, e ela quase caiu de tanto terror que sentiu. O coração imediatamente começou a encolher, e encolheu e murchou até quase desaparecer. Caio-Corado o apanhou e o colocou em sua sacola. Depois, as duas aranhas se viraram e desceram novamente o mais rápido que podiam, trazendo as crianças. Antes de chegarem aos pés da montanha, ouviram os gritos da águia-fêmea pela perda de seu "ovo", mas as aranhas acalmaram as crianças, explicando que os olhos da águia eram grandes demais para vê-los. Assim que chegaram à base da montanha, as aranhas todas foram para suas casas e logo se ocuparam caçando moscas, como se nada tivesse ocorrido.

Depois de agradecer mais uma vez às amigas, as crianças foram embora, levando o coração do gigante consigo.

– Se tiverem problemas, coloquem um pouco mais de suco de aranha diretamente no coração – disse o avô-aranho à medida que eles se afastavam.

Em sua casa, o gigante rugiu de dor no momento em que envenenaram seu coração novamente e estava nervoso e caído no chão, onde permaneceu por tanto tempo que os garotos poderiam ter escapado se não estivessem tão gordos! Um deles conseguiu fugir, e chegou em casa em segurança. Durante alguns dias o gigante não conseguiu falar, até que por fim as primeiras palavras que ele exclamou foram:

– Ó, meu coração! Meu coração!

– Seu coração está seguro, querido Trovejo – disse a esposa. – Um homem do seu tamanho não deve ficar tão nervoso e apreensivo. Que vergonha!

– Você não tem coração, Doodlem – respondeu. – Asseguro a você que neste momento o meu coração está em grande perigo, ele caiu nas mãos de inimigos, embora eu não saiba quem são eles.

Nesse momento, ele desmaiou novamente, pois Nina-Peraltinha, ao notar que o coração começara a inchar novamente, havia derramado a última gota de suco de aranha.

Novamente, ao se recuperar, o gigante disse:

– Querida Doodlem, meu coração está vindo até mim, e está cada vez mais próximo. – Depois de se deitar em silêncio por horas, ele exclamou: – Está aqui na casa, eu sei! – e então ele pulou e caminhou, procurando o coração por todos os cantos.

À medida que ele se levantou, Nina-Peraltinha e Caio-Corado saíram do buraco da raiz da árvore e passaram pelo buraco do gato bem na porta e caminharam bravamente até o gigante. Ambos mantiveram os olhos fixos, observando-o. Guiado pelo amor ao próprio coração, o gigante logo os avistou e cambaleou furiosamente até eles.

– Eu vou devorá-los, seus vermes! – gritou. – Devolvam o meu coração!

Nina-Peraltinha deu um beliscão bem forte no coração, e o gigante caiu de joelhos chorando e suplicando escandalosamente pelo seu coração.

– Você o terá de volte se souber se comportar – disse Nina-Peraltinha.

– Como devo me comportar apropriadamente? – perguntou, enquanto choramingava.

– Leve todos esses garotos e garotas até suas casas agora mesmo!

– Não sou capaz, estou doente demais. Eu não teria forças.

– Pegue-os agora mesmo.

– Não consigo até que devolva meu coração.

– Muito bem – disse Nina-Peraltinha, e então deu outro beliscão no coração.

O gigante se levantou e apanhou todas as crianças, colocou algumas delas nos bolsos de seu casaco, outras ainda no bolso de dentro, próximo do peito, colocou duas ou três em seu chapéu e enfiou um punhado de outras crianças embaixo dos braços. Em seguida, cambaleou até a porta.

Durante todo esse tempo, a pobre Doodlem ficou sentada em sua poltrona, chorando e cerzindo as meias brancas do marido.

O gigante fez o caminho até a fronteira. Ele não podia ir muito rápido pois estava fraco, então, Caio-Corado e Nina-Peraltinha conseguiram acompanhá-lo. Quando chegaram à fronteira, pensaram que seria mais seguro deixar as crianças irem sozinhas. Então, pediu que ele as colocasse no chão. Ele obedeceu.

– Você colocou todos eles no chão, senhor Trovejo? – perguntou Nina-Peraltinha.

– Sim – respondeu o gigante.

– Você está mentindo!

Ouviram uma voz baixinha, e uma cabeça espiou do bolso de seu casaco.

Nina-Peraltinha beliscou o coração até o gigante rugir de dor.

– Você não é um cavalheiro, você é um mentiroso – disse ela.

– Ele era o mais magro do grupo – disse Trovejo, chorando.

– Vocês estão todos aí, crianças? – perguntou Nina-Peraltinha.

– Sim, senhorita – eles responderam, após contarem cuidadosamente e com dificuldade, pois eram crianças tolas.

– Agora – perguntou Nina-Peraltinha ao gigante –, você promete não raptar mais crianças e nunca mais devorá-las pelo resto de sua vida?

– Sim, sim! Eu prometo – respondeu Trovejo, soluçando de tanto chorar.

– E promete nunca mais, mas nunca mais mesmo, cruzar a fronteira da Terra dos Gigantes?

– Prometo.

– E nunca mais vestirá meias brancas aos domingos por toda a sua vida. Promete?

O gigante hesitou diante disso e começou a protestar, mas Nina-Peraltinha, acreditando que seria bom para seu moral, insistiu, e então o gigante prometeu.

Ainda exigiu que, assim que devolvesse o coração, ele deveria confiá-lo à esposa para que ela tomasse conta dele para todo o sempre.

O pobre gigante caiu de joelhos e começou a implorar novamente. Nina-Peraltinha deu um leve belisco no coração, e ele urrou:

– Sim, sim! Doodlem irá guardá-lo, eu juro. Só não poderá mantê-lo no barril de farinha ou no buraco de poeira.

– Certamente, não, negocie diretamente com ela. E você promete não interferir na minha vida ou na do meu irmão nem se vingar pelo que fizemos?

– Sim, sim, crianças, eu prometo tudo a vocês. Farei tudo o que pediram, mas se apressem e me devolvam o meu pobre coração.

– Então espere aí que eu vou levá-lo a você.

– Sim, sim, mas seja rápida, pois me sinto muito fraco.

Nina-Peraltinha começou a desfazer o laço da sacola. Caio-Corado, o qual havia ganhado malícia depois das viagens que fizera, empunhou sua faca, fingindo que cortaria o laço, mas, na realidade, estava se preparando para uma emergência.

Nem bem o coração havia sido tirado da sacola, e ele começou a se expandir até chegar ao tamanho de um touro, e o gigante, com um grito de raiva e vingança, correu atrás das duas crianças, as quais fugiram pelas laterais do terrível coração. Mas Caio-Corado foi mais rápido que Trovejo. Ele disparou até o coração e cravou sua faca nele, até a altura do punhal. Um chafariz de sangue jorrou e, com um grunhido assustador, o gigante caiu morto aos pés da pequena Nina-Peraltinha, que não pôde evitar o sentimento de pena depois de tudo aquilo.

# A chave dourada

Havia um garoto que costumava sentar-se sob o crepúsculo enquanto ouvia as histórias da tia-avó.

Ela sempre dizia que se ele conseguisse chegar ao local onde terminava o arco-íris, encontraria lá uma chave dourada.

– E para que serve a chave? – ele perguntava. – De onde é a chave? O que ela abre?

– Isso ninguém sabe – ela respondia. – Quem achar a chave terá de descobrir por si só.

– Suponho que, por ser dourada – disse o garoto pensativo certa vez –, eu conseguiria uma boa quantia em dinheiro se a vendesse.

– Melhor nem a encontrar se for para vendê-la – censurou a tia.

E o garoto foi para a cama e sonhou com a chave dourada.

Tudo o que a tia-avó lhe havia dito a respeito da chave dourada não fazia sentido, exceto o fato de que a pequena casa onde moravam ficava na fronteira com a Terra das Fadas. Todos sabem muito bem que da Terra das Fadas ninguém consegue ver onde está o arco-íris, por isso o dono da chave toma tanto cuidado com a sua chave dourada, sempre voando de um lugar a outro para que ninguém possa encontrá-la! Ali, na Terra das Fadas, as coisas são bem diferentes. Coisas que parecem reais em nosso país parecem muito, muito pequenas na Terra das Fadas, enquanto outras coisas que não conseguem sossegar um instante, não se movem lá. Então, não era totalmente absurdo que a senhora contasse ao sobrinho aquelas estórias fantasiosas sobre a chave dourada.

– A senhora já conheceu alguém que a encontrou? – perguntou o garoto, em determinada noite, à tia-avó.

– Sim. Creio que o seu pai a encontrou.

– E o que ele fez com a chave? Pode me contar?

– Ele nunca me disse.

– Como ela é?

– Ele nunca me mostrou.

– Como é que uma nova chave sempre aparece lá?

– Não sei, mas sempre há uma chave lá.

– Talvez seja o ovo do arco-íris.

– Talvez seja. Você será um grande felizardo se encontrar o ninho do arco-íris.

– Talvez a chave despenque do céu, sempre que surge o arco-íris.

– Talvez.

Certa noite, durante o verão, ele foi ao seu quarto e, através da janela de treliça, observou a floresta que rodeava a Terra das Fadas e que ficava realmente próxima ao jardim da tia-avó, e algumas árvores pareciam ter se desgarrado dela. A floresta ficava a leste, e o sol, que se punha atrás da casa de campo, parecia encarar a floresta escura com seu olho vermelho e penetrante. As árvores eram velhas com alguns ramos baixos, de modo que o sol podia ver um longo caminho pela floresta. O garoto, muito observador, podia ver quase tão longe quanto o sol. Os troncos pareciam colunas enfileiradas em meio à luz vermelha do sol, e ele conseguia enxergar cada corredor ao longe até desaparecer. Enquanto olhava para a floresta, começou a sentir como se as árvores estivessem esperando por ele e como que algo o impelisse a ir até elas. Mas ele estava faminto e queria jantar, e por isso demorou-se em casa.

De repente, em meio às árvores distantes, tão longe quanto os raios do sol podiam chegar, ele viu algo glorioso. Era o início de um arco-íris grande e brilhante. Ele conseguia contar todas as sete cores e via todas as sombras além do violeta, enquanto diante do vermelho havia uma cor ainda mais linda e misteriosa, era uma cor que nunca tinha visto antes. Apenas ao nascer do arco-íris era visível. Não podia ver mais nada acima das árvores.

– A chave dourada – ele disse a si mesmo, e disparou para fora da casa em meio à floresta.

Ele não havia chegado muito antes do pôr do sol, mas o arco-íris brilhava ainda mais forte, pois o arco-íris da Terra das Fadas não depende do sol como o nosso. As árvores deram as boas-vindas a ele, os arbustos deram passagem, o arco-íris havia crescido de tamanho e parecia mais cintilante. Por fim, deparou-se entre duas árvores.

Era uma grande vista, o arco-íris brilhando em silêncio com suas cores lindas, adoráveis e delicadas; cada uma à sua maneira, mas todas combinando. Agora ele conseguia enxergar ainda mais. Ele se erguia no céu azulado, mas se inclinava pouquíssimo, de modo que não sabia qual era a altura da coroa do arco. Era mesmo assim uma pequena porção de uma enorme curvatura.

Ele permaneceu observando o arco-íris até que se esqueceu de si mesmo, de tanta satisfação que sentia, e se esqueceu até mesmo da chave que ele tinha vindo procurar. E enquanto estava em pé, o arco-íris parecia ainda mais estático e maravilhoso, pois em cada uma das cores, que eram tão grandes quanto os pilares de uma igreja, ele via formas vagas e bonitas que lentamente se erguiam como se fossem os degraus de uma escada em caracol. As formas pareciam irregulares, agora uma, depois muitas, e, em seguida, algumas e, de repente, nenhuma. Eram homens, mulheres, crianças... todos diferentes, mas igualmente bonitos.

Ele se aproximou do arco-íris, mas ele desapareceu. Ele voltou um passo atrás, entristecido, e lá estava ele de novo, lindo como nunca. Então, contentou-se em permanecer o mais próximo que podia e observar as formas que erguiam as gloriosas cores na direção da altura desconhecida do arco, que não terminava abruptamente, mas esvanecia pelo céu azul de maneira tão gradual que ele mal sabia onde terminava.

Quando o pensamento sobre a chave dourada retornou, o garoto quis tentar reter na mente o espaço coberto pelos alicerces do arco-íris para que soubesse onde procurar caso ele desaparecesse novamente. Ele estava fundado basicamente em uma cama de musgos.

Enquanto isso, a escuridão invadiu a floresta. O arco-íris apenas era visível pela própria luz que emanava. Mas no momento em que a lua se ergueu, ele se foi. Nenhuma mudança de lugar poderia recuperar aquilo que os olhos do garoto tinham visto. Então, disparou para baixo em meio à cama de musgos para esperar que a luz do sol, ao amanhecer, desse-lhe uma oportunidade de encontrar a chave. Lá mesmo ele caiu rapidamente no sono.

Quando acordou, pela manhã, o sol estava olhando bem em seus olhos. Ele se virou e no mesmo instante viu uma coisa pequena e brilhante recostada sobre o musgo a quase meio metro de distância dele. Era a chave dourada! Sua haste era de ouro maciço, tão brilhante quanto o ouro conseguia ser, e o cabo era curiosamente forjado e cravado com safiras. Tomado por terror e deleite, ele esticou a mão e a apanhou.

Ele se deitou durante algum tempo, inquieto girava de um lado para o outro, e alimentava sua visão com aquela beleza. Depois, levantou-se, pois lembrou que o lindo objeto ainda não tinha nenhuma utilidade para ele. A qual fechadura aquela chave pertencia? Deveria estar em algum lugar, pois quem seria tão tolo de forjar uma chave que não abrisse fechadura nenhuma? Para onde deveria ir em busca de tal fechadura? Ele olhou ao redor dele, olhou para o alto, para baixo, mas não viu nenhuma fechadura nas nuvens, na grama ou nas árvores. Quando começou a se entristecer, ele pensou ter visto algo reluzindo na floresta, mas, depois de se aproximar, ele viu que era uma mera luz que ele confundira com o cintilar do arco-íris, então resolveu voltar à fronteira da floresta.

Não muito longe da casa onde o garoto vivia, havia outra casa, cujo dono era um comerciante, que estava muito longe dali. Ele havia perdido a esposa alguns anos antes e tinha apenas uma filha, uma garotinha que ele havia deixado aos cuidados dos empregados da casa, que eram muito preguiçosos e descuidados com a criança.

A menina fora negligenciada, às vezes, era até maltratada e agora estava toda suja.

Nós bem sabemos que há muitos tipos de fadas na Terra das Fadas, mas também sabemos que essas criaturinhas não suportam sujeira. Na verdade, elas são bem más com as pessoas desleixadas, pois estão acostumadas com o adorável jeito das árvores e das flores e com a limpeza dos pássaros e de todas as criaturas dos bosques. Elas se sentem tristes com a sujeira, mesmo vivendo no interior das florestas, de pensar que sob o mesmo luar, possa haver uma casa suja, desconfortável e desleixada. Isso as deixa nervosas com as pessoas que moram nessas casas e se elas pudessem, expulsariam essas pessoas do mundo. Elas querem que a Terra toda seja um planeta limpo e organizado. Então, elas beliscam e atormentam as pessoas que não gostam de limpeza e fazem travessuras desconcertantes.

Mas essa casa era uma vergonha, e as fadas da floresta não a aguentavam mais. Elas tentavam de tudo para que os empregados a limpassem, mas sem nenhum resultado e, por fim, decidiram fazer uma limpeza geral, a começar pela criança. Elas não sabiam que não era culpa da menina, mas tinham poucos princípios e muita malandrice e pensaram que se afastassem a criança da casa, os empregados certamente sairiam de lá.

Certa noite, a pequena criança fora colocada para dormir bem cedo, antes mesmo que o sol se pusesse, e os empregados trancaram a porta e foram à cidade. A criança não sabia que estava sozinha e deitou-se alegremente, olhando pela janela, na direção da floresta, a qual, na verdade, ela não conseguia enxergar muito bem devido às heras e outras plantas rastejantes que cresciam em torno de sua janela. De repente, ela viu um macaco fazendo caretas para ela através do espelho com cabeças entalhadas em seu grande e velho guarda-roupas, as quais sorriam assustadoramente. Depois, duas cadeiras com pernas de aranha se moveram até o centro do quarto e começaram a dançar de uma maneira estranha e antiquada. Isso fez com que a garota começasse a rir, e ela se esqueceu do macaco e das caretas sorridentes. As fadas perceberam que haviam cometido um erro naquela estratégia e mandaram as cadeiras de volta aos seus lugares. As fadas sabiam que a garota havia lido *Cachinhos dourados* durante todo aquele dia; dessa maneira, no momento seguinte, por intervenção delas, a menina ouviu as vozes dos três ursos ao subirem as escadas, um deles com voz grave, o outro com voz média e o terceiro com a voz fina. Em seguida, ouviu seus passos pesados, como se usassem botas, e eles se aproximavam da porta de seu quarto cada vez mais, até que ela não suportou mais o medo e fez exatamente o que Cachinhos Dourados havia feito e o que as fadas esperavam que ela fizesse: correu até a janela, abriu-a, pendurou-se nas heras e rolou até o chão. Então, ela correu para a floresta o mais rápido que pôde.

 Embora não soubesse, essa fora a melhor maneira de escapar, pois nada é tão traiçoeiro dentro da própria casa quanto o que há no exterior dela. As criaturas traiçoeiras que a assustaram eram apenas crianças da Terra das Fadas, como ela era. E se alguma criança for encontrada na floresta, as criaturas boazinhas sempre ajudarão mais do que as criaturas más poderão machucá-la.

 O sol já havia se posto, e a escuridão se aproximava, mas a criança não pensou em nenhum outro perigo além dos ursos atrás dela. Se olhasse ao redor notaria, no entanto, que estava sendo seguida por uma criatura bem diferente de um urso. Era uma criatura curiosa, semelhante a um peixe, mas coberta, ao invés de escamas, por penas de todas as cores, as quais centelhavam como um beija-flor. A fantástica criatura tinha barbatanas, não asas, nadava pelos ares como um peixe faz dentro d'água, e sua cabeça era como a de uma coruja.

Depois de correr bastante e à medida que o último trisco de luz desaparecia, ela passou por debaixo de uma árvore com ramos que estavam pendurados. A árvore jogou os ramos no chão ao redor dela e a prendeu em uma armadilha, pressionando-a mais e mais contra o tronco. Ela ficou extremamente agitada e aterrorizada, pois tinha dificuldade em se livrar da armadilha, quando o peixe-voador, atravessando pelo emaranhado de galhos, começou a quebrá-los com o bico. Eles afrouxaram imediatamente, e a criatura continuou atacando-os até que, por fim, eles libertaram a garota. Em seguida, o peixe-voador parou diante da garota, brilhando e centelhando todas as cores mais adoráveis, então, ela se sentiu mais segura e seguiu em frente.

A criatura a guiou gentilmente até que encontraram e entraram pela porta de uma casa de campo. A criança continuou a segui-la. Havia uma fogueira reluzente no meio do chão, sobre a qual havia uma panela sem tampa, cheia de água que fervilhava e borbulhava furiosamente. O peixe-voador voou diretamente até a panela e para dentro da água fervente, onde ficou em silêncio. Uma linda mulher se levantou do lado oposto da fogueira e caminhou até a garota. Ela a ergueu em seus braços e exclamou:

– Ah, finalmente, você chegou! Tenho procurado por você há tanto tempo.

Ela se sentou e acomodou a criança em seu colo. A garota nunca tinha visto ninguém tão bonito. A mulher era forte e alta, com braços e pescoço brancos e um delicado rubor na face, não usava nenhum ornamento, mas brilhava como se uma grande quantidade de diamantes e esmeraldas brotassem dela. Mesmo assim, ali estava ela, na mais simples e pobre casa de campo, que era evidentemente o seu lar. Ela vestia uma roupa verde e brilhante, e a criança não conseguiu evitar o pensamento de que havia uma pitada de verde-escuro em seus longos cabelos.

– Qual é o seu nome? – perguntou a moça.

– As empregadas me chamam de "Novelo".

– Ah, isso é porque seu cabelo é muito desarrumado, mas a culpa é delas, aquelas mulheres malcriadas! Mesmo assim, é um belo nome, e eu também vou chamá-la de "Novelo". Não se incomode com as minhas perguntas, pois você também pode me perguntar o que quiser. Quantos anos você tem?

– Tenho dez anos – respondeu Novelo.

– Não parece – afirmou a moça.

– Quantos anos você tem, por gentileza? – perguntou Novelo.

– Milhares de anos – respondeu a moça.

– Não parece – comentou Novelo.

– Não? Eu acho que aparento meus milhares de anos. Não vê como sou bonita? – E seus grandes olhos azuis olharam Novelo até os pés e foi como se todas as estrelas no céu tivessem se juntado para produzir toda aquela luz.

– Ah, mas quando as pessoas vivem muito, elas envelhecem – disse Novelo. – Pelo menos, sempre achei isso.

– Eu não tenho tempo para envelhecer – disse a moça. – Sou ocupada demais para isso. É muito descuido envelhecer. Mas não posso deixar a minha garotinha tão suja, não encontro um canto limpo no seu rosto para poder beijá-la.

– Talvez... – sugeriu Novelo, sentindo-se envergonhada, mas não tanto assim para se justificar – talvez seja porque a árvore me fez chorar muito.

– Ó, pobrezinha! – lamentou a moça, olhando com pesar e beijando seu pequeno rosto, mesmo sujo como estava. – A árvore traquina tem de ser punida por fazer uma garotinha chorar.

– E qual é o seu nome, por gentileza? – perguntou Novelo.

– Avó – respondeu a moça.

– É mesmo?

– Sim, é isso mesmo. Eu nunca minto, nem por diversão.

– Como você é boazinha!

– Eu não conseguiria mentir mesmo que tentasse, pois se tornaria verdade à medida que eu contasse, e depois eu seria punida por isso. – Ela sorriu como o sol através de uma chuva de verão.

– Mas agora – ela continuou –, preciso lhe dar um banho, vesti-la e depois jantaremos.

– Ó, eu jantei pela última vez há muito tempo – disse Novelo.

– Sim, certamente – respondeu a moça –, três anos atrás. Você não sabe que já faz três anos que fugiu daqueles ursos. Você tem treze anos ou mais agora.

Novelo apenas olhava. Ela sentiu que aquilo era realmente pura verdade.

– Você não terá medo de nada que eu fizer com você, não é mesmo? – perguntou a moça.

– Farei todo o esforço, mas não posso lhe assegurar – respondeu Novelo.

– Fico feliz que diga isso – respondeu a moça.

Ela retirou a camisola da garota, pegou-a nos braços e, ao caminhar na direção da parede da casa, abriu uma porta. Novelo viu um tanque fundo cujas laterais estavam cobertas com plantas verdes de onde brotavam flores de todas as cores. Havia um teto sobre isso, como o teto da casa. O tanque estava cheio de água límpida, onde uma multidão de peixes nadava, assim como aquele que havia guiado a garota para aquele lugar. Foi a luz de suas cores que mostrou o lugar em que estavam.

A moça falou algumas palavras que Novelo não pôde compreender e então a jogou dentro do tanque. Os peixes se amontoaram ao redor da garota, dois ou três ficaram bem próximos e mantiveram sua cabeça em pé, o restante deles a esfregava com suas penas molhadas e a deixaram bem limpinha. Em seguida, a moça, a qual estava observando o tempo todo, disse algo mais a eles; nesse momento, trinta ou quarenta peixes juntaram-se abaixo de Novelo, e a ergueram para que a moça a apanhasse. Ela a carregou de volta até próximo à fogueira e depois de secá-la bem, abriu uma cômoda e tirou de lá uma roupa de linho da melhor qualidade, com cheirinho de grama e lavanda e vestiu a garota. Sobre tudo isso, ela colocou um vestido verde, igual ao que usava, o qual brilhava e era igualmente macio, tinha adoráveis dobras na cintura, onde um laço marrom estava amarrado e ia até seus pés descalços.

– Você vai me dar um par de sapatos também, avó? – perguntou Novelo.

– Não, minha querida. Olhe para mim, eu não uso sapatos.

Ao dizer isso, ela levantou ligeiramente o vestido, e os pés mais brancos e adoráveis puderam ser vistos, mas sem sapatos. Então,

Novelo ficou contente por estar de pés descalços também. Novamente, a moça se sentou com ela, penteou seu cabelo e o escovou e depois deixou que secasse enquanto ela jantava.

Primeiro, ela pegou o pão de um buraco na parede, depois pegou o leite de outro buraco. Em seguida, apanhou diversos tipos de frutas de um terceiro buraco e caminhou até a panela que estava sobre o fogo e pegou o peixe, agora bem cozido. Ela arrancou sua pele cheia de penas e, em um instante, ele estava prontinho para o jantar.

– Mas... – sussurrou Novelo, olhando fixamente para o peixe, sem conseguir dizer mais nada.

– Eu sei o que você está pensando – respondeu a moça. – Você não gostaria de devorar o mensageiro que a trouxe até aqui, mas este é o seu melhor agradecimento a ele. A criatura estava com medo de ir encontrá-la até ver que eu havia colocado a panela sobre o fogo e me fez prometer que eu o cozinharia assim que ele voltasse com você. Então, disparou pela porta. Você viu com seus próprios olhos quando ele mesmo entrou na panela assim que vocês chegaram, não viu?

– Vi, sim – respondeu Novelo –, e achei bem estranho, mas então eu a vi e esqueci o peixe completamente.

– Na Terra das Fadas – recomeçou a moça à medida que se sentaram à mesa –, a ambição dos animais é ser devorados pelas pessoas, pois este é o fim mais digno que eles podem ter. Mas eles não são destruídos... Daquela panela sairá muito mais do que um peixe morto apenas. Você verá.

Novelo notou que a panela ainda estava com a tampa, mas a moça não percebeu até que elas tivessem terminado de comer o peixe, que Novelo achou ainda melhor do que qualquer peixe que ela havia experimentado na vida. O peixe era branco como a neve e tão delicado quanto um creme. No momento em que engoliu uma colherada, uma mudança começou a acontecer, a qual ela não conseguia explicar. Agora ouvia um murmúrio ao redor dela, que se tornou cada vez mais articulado e, por fim, à medida que continuou comendo, ela pôde compreender perfeitamente. Assim que terminou a porção em seu prato, os sons de todos os animais da floresta pareceram invadir a casa e chegar aos seus ouvidos, pois a porta estava totalmente aberta. Lá fora, era possível ver o breu e, de repente, não havia somente sons, mas discursos e mais discursos que ela compreendia e, agora, conseguia entender até o que os insetos da casa falavam uns aos outros. Ela suspeitava inclusive que as árvores e flores ao redor da casa se comunicavam no meio da noite, mas o que diziam, ela não ouvia bem.

Assim que terminaram de comer o peixe, a moça se aproximou da fogueira e destampou a panela. Uma adorável criaturazinha de forma humana com asas grandes e brancas saiu e voou pelo teto da casa e depois caiu, voejou e se aninhou no colo da moça, que disse algumas palavras estranhas a ela, carregou-a até a porta e a lançou na escuridão. Novelo ouviu a batida de suas asas diminuírem à medida que ela se afastava.

– Nós fizemos algum mal ao peixe? – a moça perguntou ao voltar.

– Não – respondeu Novelo. – Eu acho que não. Eu não me importaria de comer um peixe por dia.

– Eles têm de esperar o momento certo, como eu e você, minha pequena Novelo. – E sorriu um sorriso cuja tristeza o tornava ainda mais adorável. – Mas acho que poderemos comer mais peixe no jantar de amanhã. – Ao dizer isso, ela se dirigiu ao tanque e disse algo que agora Novelo pôde compreender perfeitamente. – Eu quero um de vocês... – ela disse –, o mais sábio.

Nesse momento, os peixes se reuniram no meio do tanque com suas cabeças formando um círculo na superfície da água, e seus rabos formavam um círculo ainda maior abaixo dela. Eles estavam fazendo um conselho para determinar qual deles era o mais sábio. Por fim, um deles voou para as mãos da moça, com o olhar ávido e disposto.

– Sabe onde fica o arco-íris? – ela perguntou.

– Sim, mãe, sei bem – respondeu o peixe.

– Traga um jovem rapaz que está lá e não sabe para onde ir.

O peixe saiu pela porta em um instante. Então, a moça disse a Novelo que era hora de ir para a cama e abriu outra porta na lateral da casa. Lá, ela mostrou um pergolado pequeno, fresco e verde, em uma charneca arroxeada que crescia lá dentro, sobre a qual ela jogou um cobertor grande feito de penas dos peixes sábios, que brilhava lindamente contra a luz da fogueira.

Novelo rapidamente se entregou aos sonhos mais estranhos e adoráveis, e a linda moça estava presente em todos eles.

Pela manhã, ela acordou com o farfalhar das folhas sobre sua cabeça e com o som de água corrente, mas, para sua surpresa, ela não conseguia encontrar nenhuma porta, nada além dos musgos que cresciam na parede da casa. Então, ela rastejou por uma abertura no pergolado e foi até a floresta, onde se banhou em uma nascente que corria alegremente pelas árvores e se sentiu ainda mais feliz por estar na lagoa de sua avó. Ela estava limpa e arrumada e, depois de colocar seu vestido verde, sentiu-se como uma moça.

Ela passou aquele dia na floresta, ouvindo os pássaros, as feras e as criaturas rastejantes, e compreendia tudo o que eles diziam, embora não pudesse repetir uma palavra. Cada espécie falava uma língua diferente, no entanto, havia uma compreensão comum e limitada entre os habitantes da floresta. Ela não encontrava a moça bonita, mas sentia que ela estava próxima o tempo todo e prestou atenção para não sair das proximidades da casa, que era redonda, como uma cabana de neve ou uma tenda. Ela não conseguia ver nem porta, nem janela, porque a casa não tinha janelas e embora fosse cheia de portas, todas elas abriam de dentro e não podiam ser vistas do lado de fora.

Ela estava aos pés de uma árvore em meio ao crepúsculo, ouvindo uma discussão entre uma toupeira e um esquilo. Nessa discussão, a toupeira dizia que a parte mais útil de seu corpo era o rabo, e o esquilo chamava a toupeira de "mão de pá". A escuridão havia adensado, e Novelo notou algo que brilhava ao seu redor e alcançava seu rosto. Ao olhar em volta, viu que a porta da casa estava aberta, e a luz vermelha da fogueira parecia fluir como um rio, guiando-a pela escuridão e, por isso, disparou para a casa. Ao entrar, viu que a panela estava fervendo sobre o fogo, e a moça grandiosa e adorável estava sentada do outro lado.

– Eu a observei o dia todo – disse a moça. – Você deve comer algo daqui a pouco, mas teremos de esperar que o nosso jantar volte para casa.

Ela se aproximou de Novelo e pôs-se a cantar, a menina desejou ouvir aquelas canções para sempre. Pouco tempo depois, um peixe brilhante entrou pela porta e se jogou dentro da panela. Em seguida, entrou um jovem que havia crescido mais do que as suas roupas surradas. Seu rosto era róseo de tão saudável, e em sua mão ele carregava uma pequena joia, que cintilava com a luz da fogueira.

– O que é isso em sua mão, Musguento? – a moça perguntou assim que o viu.

"Musguento" era o nome que seus companheiros lhe haviam dado porque ele tinha uma rocha favorita, repleta de musgos, onde costumava se sentar durante dias inteiros para ler. Eles diziam que os musgos começaram a crescer ao redor do corpo garoto também.

Musguento ergueu a mão. No momento em que a moça viu que ele segurava a chave dourada, ela se levantou da cadeira, beijou Musguento na testa, colocou-o sentado onde ela estava e então manteve-se de pé diante dele, como uma serva. Musguento não entendeu isso e ergueu-se imediatamente, mas a moça implorou que ele se sentasse, com lágrimas em seus lindos olhos, e pediu para ficar diante dele.

– Você é uma moça grandiosa, esplêndida e linda, senhorita – disse Musguento.

– Sim, eu sou, mas meu prazer é trabalhar o dia todo, e você terá de me deixar em breve!

– Por que diz isso, senhorita? – perguntou Musguento.

– Porque você tem a chave dourada.

– Mas eu nem sei usá-la, não consigo encontrar sua fechadura. Você pode me dizer o que devo fazer?

– Você tem de encontrar a fechadura, e esta tarefa é só sua, não posso ajudá-lo. Só posso dizer que se procurar, vai encontrar.

– Que tipo de caixa ela irá abrir? O que há dentro dessa caixa?

– Eu não sei. Eu sonho com isso, mas eu não sei.

– Tenho de ir agora mesmo?

– Você pode ficar aqui esta noite e jantar conosco, mas deve partir amanhã de manhã. Tudo o que posso fazer por você é lhe dar algumas roupas. Aqui há uma garotinha chamada Novelo, a qual você deverá levar consigo.

– Isso será legal – disse Musguento.

– Não, não – reclamou Novelo. – Eu não quero deixá-la, por favor, avó.

– Você tem de ir com ele, Novelo. Eu lamento perdê-la, mas será melhor para você. Até mesmo os peixes, como você pode ver, têm de entrar na panela e depois mergulhar na escuridão. Se você encontrar o Velho do Mar, pode pedir que ele envie mais peixes para mim? Meu tanque está ficando vazio.

Ao dizer isso, ela tirou o peixe da panela e colocou a tampa como estava antes. Eles se sentaram e comeram o peixe e, em seguida, a criatura alada se ergueu da panela, circulou pelo teto e aninhou-se no colo da moça. Ela conversou com a criatura, levou-a até a porta e a lançou na escuridão. Eles puderam ouvir a batida de suas asas diminuir conforme se afastava.

Então, a moça mostrou a Musguento outro quarto, assim como o de Novelo. Pela manhã, ele encontrou uma muda de roupas bem ao seu lado, vestiu-as e ficou muito bonito. Mas quem veste as roupas dadas pela avó nunca enxerga a própria beleza, apenas a beleza nas outras pessoas.

Novelo não estava nada disposta a ir e tentou persuadir a avó.

– Por que eu deveria partir? Eu nem conheço aquele rapaz – disse ela à moça.

– Eu não tenho permissão de manter as minhas crianças aqui por muito tempo. Você não precisa ir se não quiser, mas terá de ir algum dia, e eu gostaria que partisse com ele, pois é quem detém a chave dourada. Nenhuma garota deve ter medo de seguir com um rapaz que tem a chave dourada. Você tomará conta dela, não é mesmo, Musguento?

– Com certeza – disse Musguento.

Novelo lançou um olhar sobre Musguento e, inesperadamente, pensou que poderia ser bom acompanhá-lo.

– E – disse a moça – se vocês se perderem um do outro quando estiverem em... em... nunca me lembro do nome daquele país... não tenham medo, apenas continuem.

Ela beijou Novelo e deu um beijinho na testa de Musguento, guiou-os até a porta e acenou para a direção leste. Musguento e Novelo deram as mãos e caminharam para longe, pelas profundezas da floresta. Na mão direita, Musguento carregava a chave dourada.

Eles vagaram por um longo caminho, infinitamente entretidos com as conversas dos animais, logo aprenderam o bastante sobre sua linguagem a ponto de conseguirem fazer algumas perguntas necessárias. Os esquilos eram sempre muito amigáveis e lhes davam castanhas de seus próprios estoques, mas as abelhas eram egoístas e rudes e se justificavam dizendo que Novelo e Musguento não eram súditos de sua rainha e que a caridade deveria começar em casa, embora de fato não tivessem um zangão sequer em sua pobre colmeia naquele momento. Até mesmo as tolas toupeiras lhes davam castanhas da terra ou uma trufa, vez ou outra, mas falavam como se suas bocas estivessem cheias de algodão, e os jovens quase não as entendiam. Assim que deixaram a floresta, eles já gostavam muito um do outro, e Novelo não se arrependia nem um pouco que a avó lhe tivesse enviado na companhia de Musguento.

Por fim, chegaram a um local onde as árvores eram menores e mais separadas umas das outras. O chão se erguia e se tornava cada vez mais íngreme, as árvores tinham ficado para trás, e os dois escalavam um caminho estreito e rochoso dos dois lados. De repente, depararam-se com um portal rudimentar, pelo qual eles entraram em uma galeria estreita, entalhada nas rochas. O céu escurecia mais e mais até se tornar um breu, momento em que tiveram de seguir tateando o caminho. Por fim, a luz começou a voltar e, finalmente, entraram em outro caminho estreito que ficava diante de um precipício muito grande. Esse caminho era cheio de curvas até chegar a uma baixada ampla, circular e cheia de pedras, cercada por montanhas. Aquelas montanhas estavam muito distantes e eram terrivelmente altas, erguendo pelos céus seus pináculos afiados, azuis e esmaltados de gelo. Um silêncio sepulcral reinava onde eles estavam, nem mesmo o som da água chegava até ali.

Ao olhar para baixo, eles não sabiam se era uma planície coberta de grama ou se era um lago grande e calmo, pois nunca tinham visto nenhum lugar como aquele. O caminho até lá era difícil e perigoso, mas caminharam pela passagem estreita e chegaram lá embaixo em segurança.

Eles notaram que era uma grande pedra macia, de cor clara, ondulada em algumas partes, mas predominantemente nivelada. Não era surpresa que eles não conseguissem saber o que era, pois esta superfície tinha sombras por todas as suas partes. O monte era feito principalmente de sombras de incontáveis folhas de todas as mais adoráveis formas que se possa imaginar, as quais balançavam para frente e para trás, flutuavam e tremiam com o sopro de uma brisa cujo movimento não podia ser sentido e cujo som não podia ser ouvido. Nenhuma floresta encobria as laterais da montanha, nenhuma árvore podia ser vista em lugar nenhum e, mesmo assim, as sombras das folhas, dos galhos e dos troncos de todas as mais variadas árvores cobriam o vale até onde seus olhos eram capazes de enxergar. Logo, avistaram as sombras de flores que se misturavam às sombras das folhas e, vez ou outra, a sombra de um pássaro com o bico aberto e a garganta expandida a cantar. Às vezes, apareciam formas de criaturas graciosas e estranhas, subindo e descendo pela sombra dos troncos e na extensão dos galhos até desaparecerem em meio à folhagem soprada pelo vento.

Conforme caminhavam, eles adentraram o lago até a altura dos joelhos. As sombras não estavam meramente dispostas sobre a superfície do chão, mas se amontoavam acima do chão, como formas substanciais na escuridão, como se tivessem sido lançadas em milhares de ângulos diferentes no ar. Novelo e Musguento frequentemente levantavam suas cabeças e observavam, buscando desvendar de onde vinham as sombras, mas não conseguiam ver nada além de uma névoa brilhante acima deles, mais elevada do que o topo das montanhas, que ficava bem em frente. Não havia sinal de floresta nem de folhas nem de pássaros.

Após algum tempo, eles chegaram a lugares mais abertos, onde as sombras eram bem menos densas. Pisaram em lugares sobre os quais as sombras apenas volteavam, deixando-os livres para o que quer que fosse. Agora, uma forma maravilhosa, metade humano e metade pássaro, flutuava de um lado ao outro com suas asas abertas e flutuantes. Logo, sombras de um grupo de crianças saltando extasiadas eram acompanhadas por uma forma feminina adorável e novamente pelos passos grandiosos de uma forma titânica, cada qual desaparecendo no amontoado de folhagens sombreadas dispostas ao redor. Algumas vezes, um perfil de beleza ou grandiosidade indizível aparecia por um instante e, de repente, sumia. Outras vezes, apareciam casais apaixonados que passeavam de braços dados; às vezes, pai e filho, e, depois, irmãos em uma disputa amorosa, em seguida, irmãs entrelaçadas em uma comunidade graciosa de forma complexa. Também viram, fugazmente, cavalos selvagens livres, disparando de um lado a outro, ou então cavalgando pelas sombras de nobres homens mandões.

Mais ou menos no meio da planície, eles se sentaram para descansar bem no centro de um amontoado de sombras. Depois de algum tempo sentados, ambos olhando para o alto, notaram que derramavam lágrimas, estavam tristes, pois desejavam encontrar o país que produzia aquelas sombras.

– Temos de encontrar o país de onde vêm essas sombras – disse Musguento.

– Sim, querido Musguento – concordou Novelo. – Talvez sua chave dourada nos leve até lá.

– Ah, seria maravilhoso – respondeu Musguento. – Vamos descansar um pouco mais e então poderemos partir e cruzar a planície antes que anoiteça.

Ele se deitou no chão e, ao redor dele, por todos os lados, e acima de sua cabeça, havia uma brincadeira constante das maravilhosas sombras. Ele podia olhar através delas e ver uma atrás da outra até que se misturavam e se tornavam um amontoado de escuridão. Novelo também se deitou em admiração e dúvida, ela também desejava chegar ao país de onde vinham as sombras. Depois de terem descansado, eles se levantaram e seguiram sua jornada.

Eu não sei bem quanto tempo eles levaram para cruzar aquela planície, mas, antes do anoitecer, o cabelo de Musguento estava salpicado de cinza, e Novelo havia ganhado rugas em sua testa.

Enquanto anoitecia, as sombras pareciam mais densas e altas, e, por fim, chegaram a um local onde elas se erguiam acima de suas cabeças e escureciam tudo ao redor. Eles deram as mãos, caminharam em silêncio e tristeza, sentiram a escuridão se aproximar e a beleza das sombras deixou de alegrá-los. Logo, depois de um momento que pareceu solene, Novelo notou que não segurava mais a mão de Musguento, embora não soubesse quando elas haviam se soltado.

– Musguento, Musguento! – gritou bem alto, aterrorizada.

Mas não houve resposta de Musguento.

No instante seguinte, as sombras aumentaram sob seus pés, e as montanhas se ergueram diante dela. Ela se voltou e encarou aquela região sombria que havia ficado para trás e chamou mais uma vez por Musguento. A melancolia parecia lançar um mar sem espumas de sombras tempestuosas e escuras, mas nenhum Musguento se ergueu de lá ou subiu pelas colinas em que ela se encontrava. Ela se jogou ao chão e caiu em prantos de desespero.

De repente, ela se lembrou do que a moça bonita havia dito a eles: caso se perdessem em um país cujo nome não se lembravam, não deviam temer, mas continuar caminhando.

"Além disso, Musguento tem a chave dourada e não sofrerá nenhum mal", ela disse a si mesma. "Eu creio nisso". Então, se levantou e se pôs a caminhar novamente.

Não demorou muito até que chegasse a um precipício diante do qual havia um lance de escadas interrompido pela metade. Assim que chegou ao meio, a escada terminou, e o caminho guiava diretamente à montanha. Ela teve medo de entrar e virou-se novamente, mas ficou zonza diante da profundidade abaixo dela e foi forçada a se jogar na boca da caverna. Quando abriu os olhos, viu uma figura pequena, bonita e alada bem ao seu lado, esperando por ela.

– Eu o conheço – disse Novelo. – Você é o meu peixe!

– Sim, mas não sou mais um peixe. Sou um amaranto agora.

– O que é isso? – perguntou Novelo.

– Sou o que você vê – respondeu a forma. – E vim para guiá-la pela montanha.

– Puxa! Obrigada, meu querido peixe... quer dizer, amaranto... – respondeu Novelo.

Nesse momento, o amaranto abriu as asas e voou pela passagem longa e estreita, a qual lembrava Novelo do caminho pelo qual ele havia nadado diante dela quando era um peixe. E no momento em que suas asas brancas se moveram, elas começaram a lançar um banho contínuo de faíscas de todas as cores, as quais iluminaram a passagem diante deles. De repente, ele desapareceu, e Novelo ouviu um som doce e baixo, muito diferente do ruflar apressado e da crepitação das asas dele. Diante dela, havia um arco aberto e através dele passava uma luz, misturada ao som de ondas do mar.

Ela correu e se deixou cair, cansada e feliz, sobre a areia amarela da orla. Sonolenta, devido à exaustão e aos momentos inquietantes que havia vivido, ouvindo o respingo das minúsculas ondas, que pareciam querer persuadir a terra a deixar de ser terra e tornar-se mar, ela continuou deitada. Então, seus olhos se fixaram nos pés de um grande arco-íris, o qual se esticava até longe no céu, do outro lado do mar. Por fim, ela adormeceu.

Quando acordou, Novelo viu, ao lado dela, um velho homem com cabelos longos e brancos na altura dos ombros, que se apoiava em uma bengala de onde germinavam botões verdes.

– O que quer aqui, linda mulher? – perguntou ele.

– Sou linda? Fico feliz! – exclamou Novelo, levantando-se. – Minha avó é linda.

– Sim. Mas o que quer? – ele repetiu gentilmente.

– Eu procuro pelo Velho do Mar...

– Sou eu.

– Minha avó pediu para perguntar se o senhor tem mais peixes prontos para ela.

– Vamos entrar e veremos, minha querida – respondeu o velho, falando de maneira ainda mais gentil. – E devo ajudá-la com mais alguma coisa, não é mesmo?

– Sim. Preciso que me mostre o caminho para o país de onde as sombras vêm – disse Novelo.

Ela queria encontrar Musguento novamente.

– Ah, realmente, isso valeria a pena fazer – disse o velho. – Mas não posso, pois eu não sei o caminho. Eu a enviarei ao Velho da Terra, talvez ele saiba. Ele é bem mais velho do que eu.

Apoiado em sua bengala, ele a conduziu pela orla até um penhasco íngreme que parecia um navio petrificado virado de cabeça para baixo. A porta era através do leme de uma grande embarcação, naufragada no fundo do mar, muito tempo atrás. Imediatamente, ao entrar pela porta, havia uma escada de pedra, pela qual o velho e Novelo desceram. Nos fundos, o velho tinha uma casa e lá ele morava.

Assim que entrou, Novelo ouviu um barulho estranho, diferente de qualquer outro que tinha ouvido até então. Logo, descobriu que era a linguagem dos peixes. Ela tentou compreender o que diziam, mas o discurso era tão antiquado, rude e indefinido que ela não pôde compreender muito bem.

– Verei a questão dos peixes para a minha filha – disse o Velho do Mar.

Ao mover uma lâmina na parede da casa, primeiro, ele olhou para fora e depois deu uma batida em um pedaço robusto de cristal que preenchia a abertura redonda. Novelo veio atrás dele, espiou pela janela, e viu o centro do grande oceano profundo e verde. Lá, ela viu criaturas curiosas, algumas muito feias, outras muito exóticas, e com bocas especialmente estranhas, as quais nadavam por toda parte, acima e abaixo, mas todas vinham em direção à janela em resposta à batida do Velho do Mar. Apenas algumas delas conseguiram colocar suas bocas na superfície do vidro, mas mesmo aquelas que estavam flutuando a metros de distância viraram suas cabeças na direção da janela. O velho observou o grupo por alguns minutos e, olhando para Novelo, disse:

– Desculpe-me, não tenho mais nenhum pronto, mas enviarei alguns assim que puder. – Em seguida, fechou a lâmina.

Nesse momento, um barulho muito alto ressoou no mar. O velho abriu a lâmina novamente e bateu no vidro. Os peixes estavam inertes, como se dormissem.

– Eles estavam falando sobre você – disse ele. – E eles falam muita besteira! Amanhã – continuou –, mostrarei a você o caminho para encontrar o Velho da Terra. Ele mora muito longe daqui.

– Talvez seja melhor ir já – disse Novelo.

– Não, isso não será possível. Você terá de passar por este caminho antes.

Ele a guiou até um buraco na parede, que ela não havia observado antes. Estava coberto de folhas verdes e flores brancas de uma planta rasteira.

– Apenas plantas de flores brancas nascem no fundo do mar – explicou o velho. – Siga por este caminho até encontrar uma banheira, onde você deve se deitar até que eu a chame.

Novelo entrou e encontrou um quarto menor, uma caverna talvez, no canto mais distante do qual havia uma pia grande entalhada em uma pedra, preenchida pela metade com a água mais límpida do mar. Pequenas nascentes corriam constantemente para dentro de rachaduras na parede da caverna. Ela era polida suavemente por dentro com um carpete de areia amarela em sua base. Grandes folhas verdes e flores brancas de plantas variadas estavam amontoadas sobre ela, penduradas e cobrindo quase tudo.

Havia pouco tempo que estava despida e deitada na banheira quando começou a sentir como se estivesse afundando na água e descansando profundamente, sem se esquecer de nada. Ela se sentia muito bem e nunca se sentira tão feliz e esperançosa desde que se perdera de Musguento, mas ela não conseguia evitar pensar quão triste era para um pobre senhor viver lá sozinho e ter de cuidar de um mar inteiro de peixes tolos e arruaceiros.

Após quase uma hora, conforme pensou, ela ouviu a voz dele chamando-a, e então se ergueu da banheira. Toda a fadiga e dor de sua longa jornada haviam se esvaído, ela estava tão revigorada e forte como se tivesse dormido por sete dias.

Ao retornar à entrada que a havia guiado até a outra parte da casa, ela se espantou, pois através dela viu a forma de um homem grande, com um rosto majestoso e lindo, esperando por ela.

– Venha – ele disse. – Vejo que está pronta.

Ela entrou e fez uma reverência.

– Onde está o Velho do Mar? – ela perguntou, humildemente.

– Não há mais ninguém aqui além de mim – ele respondeu, sorrindo. – Algumas pessoas me chamam de Velho do Mar, outros me chamam por outros nomes e têm muito medo quando me encontram em minhas caminhadas pela orla, portanto, procuro não ser visto por eles, pois ficam tão aterrorizados que não conseguem enxergar quem eu realmente sou. Você está me enxergando agora. Venha, vou lhe mostrar o caminho até o Velho da Terra.

Ele a guiou até a caverna onde estava a banheira e lá ela viu, no canto logo em frente, uma segunda abertura na rocha.

– Desça aquelas escadas. Elas a guiarão até ele – disse o Velho do Mar.

Após agradecer humildemente, Novelo seguiu seu caminho. Ela percorreu as escadas sinuosas até que começou a temer que não houvesse fim, a escada descia e descia, rústica e quebrada, com nascentes de água brotando das pedras e correndo pelos degraus nas laterais. Estava muito escuro ao redor dela, mas mesmo assim conseguia enxergar, porque depois do banho de banheira, os olhos das pessoas refletiam uma luz com a qual eram capazes de enxergar no escuro. Não havia bichos nem plantas rastejantes pelo caminho. Tudo parecia seguro e agradável independentemente da escuridão, umidade e profundeza.

Finalmente, não havia mais degraus a descer, e ela chegou a uma caverna. Em uma pedra bem no centro, um homem estava sentado de costas para a garota. Era a figura de um velho homem curvado duplamente devido à idade, ela conseguia enxergar sua barba branca espalhada pelo chão de pedra em frente a ele. Ele não se moveu assim que ela entrou, então, Nicole passou pela lateral de modo a ficar diante dele e conversar.

No momento em que olhou em seu rosto, ela notou que era um jovem de rosto maravilhosamente belo. Ele estava sentado arrebatado de prazer com o que estava refletido em um espelho feito com um material semelhante à prata, o qual estava no chão próximo de seus pés e que, de trás, parecia sua barba branca. Ele permaneceu sentado, sem notar a presença dela, extasiado com a alegria daquela visão. Ela se aproximou e o observou, mesmo tremendo muito, ela conseguiu falar, mas sua voz não podia ser ouvida. O jovem levantou a cabeça. Sem demonstrar surpresa, ele sorriu e lhe deu as boas-vindas.

– Você é o Velho da Terra? – perguntou Novelo.

O jovem respondeu. Novelo o ouviu, mas não com seus ouvidos:

– Sou eu. Como posso ajudá-la?

– Diga-me qual é o caminho para o País das Sombras.

– Eu não sei, eu apenas sonho com ele. Às vezes vejo sombras em meu espelho, mas desconheço o caminho até lá. Creio que o Velho do Fogo saiba, ele é muito mais velho que eu. É o mais velho de todos!

– Onde ele mora?

– Eu vou guiá-la até ele, eu mesmo nunca o vi. – Ao dizer isto, o jovem rapaz se levantou e permaneceu pensativo durante um tempo enquanto observava Novelo. – Eu gostaria de conhecer esse país também – ele disse –, mas devo me preocupar com o meu trabalho.

Ele a guiou até a lateral da caverna e pediu que colocasse a orelha na parede.

— O que você ouve? — ele perguntou.

— Eu ouço o som de muita água correndo por dentro da rocha.

— Este rio corre na direção da morada do homem mais velho de todos: o Velho do Fogo. Esse rio é o único caminho até ele.

Em seguida, o Velho da Terra inclinou-se no chão da caverna, tirou uma pedra enorme e a recostou, inclinada. Havia um grande buraco que descia verticalmente.

— Este é o caminho — ele disse.

— Mas não há degraus.

— Você deve se lançar dentro da água, não há outro caminho.

Ela se virou e olhou diretamente em seu rosto, permaneceu em pé por um minuto inteiro enquanto pensava, então se arremessou de cabeça pelo buraco. Quando caiu em si, notou que deslizava rapidamente pelas profundezas. Sua cabeça estava sob a água, mas aquilo não significava nada, pois quando pensava sobre isso, não conseguia se lembrar de que havia respirado uma vez apenas desde o banho que tomara na caverna do Velho do Mar. Quando levantou a cabeça, um calor repentino e feroz lhe tomou conta e, então, ela afundou imediatamente, mais uma vez, e continuou em sua busca.

Gradualmente, a correnteza se tornou mais rasa e, por fim, mal podia manter a cabeça abaixo da água. Depois, a água não foi capaz de carregá-la adiante, então ela se levantou e percorreu degrau a degrau naquela descida ardente. A água cessou de uma vez. O calor era terrível, ela se sentia queimada até os ossos, mas aquilo não afetava sua força. A caminhada se tornava mais e mais quente. Ela pensou em desistir, mas continuou adiante.

Ao final, a escada terminou em um arco rústico entalhado em uma rocha quase inteiramente brilhante. Ao passar por ele, Novelo caiu exausta em uma caverna fresca, onde o chão e as paredes estavam cobertos de musgo verde, macio e úmido. Uma pequena nascente avançava de uma fenda na rocha e corria por uma pia de musgos. Ela molhou a cabeça, bebeu água, e olhou ao redor. Não via ninguém na caverna! Quando olhou mais detalhadamente, teve a impressão maravilhosa de que estava no interior da Terra e de onde partiam todos os caminhos. Tudo o que tinha visto ou aprendido dos livros; tudo o que sua avó havia contado ou cantado a ela; todas as conversas dos animais, pássaros e peixes; tudo o que havia acontecido durante sua jornada ao lado de Musguento e desde que chegara ao centro da Terra com o velho homem e o homem ainda mais velho, tudo estava muito claro. Ela compreendia tudo e via que tudo significava a mesma coisa, embora novamente não pudesse traduzir aquilo em palavras.

No momento seguinte ela avistou, em um canto da caverna, um pequeno menino nu, sentado sobre o musgo, brincando com esferas de cores e tamanhos diferentes, as quais dispôs em desenhos diferentes sobre o chão, ao lado dele. Novelo sentia que havia algo que conhecia, mas que estava fora de seu entendimento, pois ela sabia que haveria um significado infinito na mudança, sequência e nas formas individuais das figuras como a criança arranjava as esferas, bem como nas diversas harmonias entre as cores, mas ela não entendia o significado daquilo tudo.[1] Ele continuava ocupado, incansável, brincando com seu jogo solitário, sem olhar para cima ou sequer notar que havia uma estranha em sua caverna profunda e distante. De maneira diligente, assim como um produtor de renda muda seus carreteis, ele mudava e rearranjava as esferas. Clarões

---

[1] Acho que estou em dívida com Novalis por causa dessas figuras geométricas. (N.T.)

de epifania brilhavam das esferas e iluminavam Novelo, até que novamente tudo ficou não apenas obscuro, mas um breu total.

Ela permaneceu observando-o durante um bom tempo, pois havia fascínio naquela visão e, quanto mais olhava, uma vaga inteligência indescritível irrompia em sua mente. Durante sete anos, ela permaneceu olhando a criança nua com suas esferas coloridas. No entanto, para ela, os sete anos pareceram somente sete horas quando, de repente, o formato das esferas, ela não sabia por quê, remeteram-lhe ao Vale das Sombras e, então, perguntou:

– Onde está o Velho do Fogo?

– Sou eu mesmo – respondeu o menino, levantando-se e deixando as esferas sobre o musgo. – Como posso ajudá-la?

Havia uma tranquilidade terrível no rosto da criança de modo que Novelo ficou atordoada diante dele. Ele não sorria, mas o amor em seus olhos acinzentados era profundo, e o brilho intenso, como o do luar, parecia que a qualquer momento se transformaria em um sorriso arrebatador o qual faria seu observador chorar até a morte. Mas o sorriso nunca veio, e o luar continuou lá intacto.

– Você é o homem mais velho de todos? – Novelo, por fim, embora surpresa, arriscou-se a perguntar.

– Sim, sou eu. Eu sou muito, muito velho, e posso ajudá-la, eu sei. Eu posso ajudar a todos. – Nesse momento, a criança se aproximou e olhou no rosto da garota até que ela caiu em prantos.

– Você pode me dizer o caminho até o país de onde as sombras vêm? – perguntou, chorando.

– Sim, eu conheço o caminho muito bem. Muitas vezes vou lá, mas você não pode ir pelo meu caminho, porque não é velha o bastante. Vou mostrar a você como chegar lá.

– Não me envie pelo caminho escaldante de novo – suplicou Novelo.

– Não a enviarei por ele – respondeu a criança. Então, ele ergueu o braço e colocou sua mão fria e pequena sobre o coração dela. – Agora – ele disse –, você pode ir. O fogo não vai queimá-la. Venha.

Ele a guiou para fora da caverna e, ao segui-lo, ela se encontrou em um vasto deserto de areia e rochas. Ali, o céu era feito de rocha, com nuvens sólidas e carregadas, e o lugar todo era tão quente que ela viu, em riachos brilhantes, o ouro dourado, a prata esbranquiçada e o cobre avermelhado cintilando fundidos nas rochas. Mas o calor nunca se aproximava dela.

Assim que caminharam por certa distância, a criança mostrou uma pedra grande e apanhou algo que se assemelhava a um ovo de dentro do objeto. Em seguida, ela desenhou uma curva longa na areia com o próprio dedo, colocou o ovo sobre o desenho, e disse algo que Novelo não pôde entender. O ovo se quebrou, uma pequena cobra saiu de dentro dele e, disposta na mesma curva desenhada na areia, cresceu e cresceu até preencher a forma. Naquele momento, ela ficou do tamanho de uma cobra adulta e começou a rastejar, ondulando como as ondas do mar.

– Siga esta serpente – disse a criança. – Ela vai guiá-la pelo caminho correto.

Novelo seguiu a serpente, mas não ia muito longe sem olhar para trás, na direção da criança maravilhosa. O menino permaneceu sozinho em meio ao deserto reluzente sobre uma fonte de chamas vermelhas que explodiam sob seus pés. Sua brancura nua brilhava um vermelho róseo pálido em meio ao fogo tórrido. Lá, ele ficou, observando-a, até que, da distância cada vez maior, ela já não podia vê-lo. A serpente continuou traçando seu caminho reto, sem desviar à esquerda ou à direita.

Enquanto isso, Musguento havia saído do País das Sombras e, seguindo seu caminho pesaroso e sozinho, chegara à orla. Era uma noite escura e tempestuosa. O vento soprava do mar, as ondas haviam cercado a rocha dentro da qual ficava a casa do velho homem. A água profunda rolava entre o mar e a orla, sobre a qual uma figura majestosa caminhava sozinha.

Musguento caminhou até a figura e disse:

– Pode me dizer onde encontro o Velho do Mar?

– Eu sou o Velho do Mar – o homem respondeu.

– Vejo um homem forte e majestoso de meia-idade – respondeu Musguento.

Então, o velho homem olhou para ele atentamente e disse:

– Sua visão, rapazinho, é melhor do que a de muitos que seguem esse caminho. Está chovendo muito esta noite: venha à minha casa e me diga como posso ajudá-lo.

Musguento o seguiu. As ondas jorravam diante dos passos do Velho do Mar, e Musguento prosseguiu pela areia seca. Assim que chegaram à caverna, sentaram-se e olharam um para o outro.

Agora, Musguento já era um velho homem, ele parecia bem mais velho do que o Velho do Mar, e seus pés estavam muito desgastados.

Após olhar para ele por um momento, o velho homem o guiou pelas mãos até o interior de sua caverna. Lá, ele o ajudou a se despir e o deitou na banheira, então notou que Musguento não abria uma de suas mãos.

– O que você tem na mão? – ele perguntou.

Musguento abriu a mão e lhe mostrou a chave dourada.

– Ah – disse o velho homem –, esse é o motivo pelo qual me encontrou. Eu sei o caminho que você tem de seguir.

– Quero encontrar o país de onde as sombras vêm – disse Musguento.

– Claro que sim, eu também quero. Mas para que serve esta chave, você sabe?

– Deve haver uma fechadura em algum lugar, mas nunca a encontrei. Nem sei por que ainda a carrego, e eu tenho uns bons anos, eu creio – disse Musguento, entristecido. – Eu não tenho certeza se sou velho, mas sei que meus pés doem demais.

– Doem? – perguntou o velho homem como se realmente quisesse fazer aquela pergunta.

Musguento, que ainda estava deitado na banheira, observou seus pés por um momento antes de responder:

– Não, eles não doem mais. Talvez eu também não seja velho...

– Levante-se e olhe para você mesmo na água.

Ele se levantou e, sem sair da banheira, olhou-se e não havia sequer um fio de cabelo grisalho em sua cabeça ou uma ruga em sua pele.

– Você experimentou a morte – disse o velho homem. – Você achou que ela é boa?

– É boa – disse Musguento. – É melhor do que a vida.

– Não – disse o velho homem –, é apenas mais vida. Você não terá mais buracos nos pés sobre a água.

– O que quer dizer com isso?

– Vou mostrar a você agora mesmo.

Eles saíram da caverna, sentaram-se e conversaram por muito tempo. Por fim, o Velho do Mar se levantou e disse a Musguento:

– Siga-me.

Ele o guiou pelas escadas novamente e então abriu outra porta. Eles permaneceram em pé no nível do mar revolto, olhando para a direção leste. Através das águas, diante de uma nuvem preta e feroz, estavam os pés de um arco-íris, brilhando no escuro.

– Este é realmente o meu caminho – disse Musguento quando viu o arco-íris, e caminhou sobre o mar. Seus pés não tinham mais buracos sobre a água. Ele lutou contra o vento, escalou as ondas e caminhou na direção do arco-íris.

A tempestade se foi. Um dia lindo e uma noite ainda mais linda se seguiram. Uma brisa fresca soprava pela vastidão plana do calmo oceano. Ainda assim, Musguento viajava na direção leste, mas o arco-íris havia se esvaído junto com a tempestade.

Dia após dia, ele continuou e pensou que não tinha um guia, não entendia como um peixe brilhante abaixo da água podia guiar seus passos. Ele cruzou o mar e chegou a um grande precipício rochoso, acima do qual ele via um único caminho. Este caminho também não o guiou mais adiante do que a metade das rochas, as quais terminavam em uma plataforma. Aqui ele parou e ponderou. O caminho não poderia terminar ali, senão, para que teria servido? Era um caminho difícil, não muito plano, mas certamente era um caminho. Ele examinou a face da rocha, era lisa como vidro, mas à medida que seus olhos passavam por ele sem esperança alguma, algo brilhou, e ele notou uma fileira de pequenas safiras, que cerceavam um pequeno buraco na rocha.

– A fechadura! – gritou.

Ele inseriu a chave, ela encaixou e girou! Um grande tinido junto de um barulho, como trincos de ferro em caldeirões de bronze, ecoou como um trovão. Ele retirou a chave, e a rocha em frente a ele começou a cair. Ele recuou o máximo que a extensão da plataforma permitia, e uma enorme placa caiu aos seus pés. Em frente, ainda estava a rocha sólida com a placa caída diante dela, e, no momento em que ele pisou sobre ela, uma segunda placa caiu, muito próxima da lateral da primeira, transformando-se em uma espécie de escada, que continuou se formando diante dele à medida que subia na direção do coração do precipício. A escada o guiou até um saguão apropriado para tal aproximação. Era uma formação irregular e rústica, exceto o chão, as laterais, os pilares e o teto abobadado, tudo aquilo formava um amontoado de pedras brilhantes de todas as cores que a luz era capaz de mostrar. Ao centro, havia sete colunas que variavam do vermelho ao violeta. E no pedestal de uma delas havia uma mulher sentada, sem movimentos, com o rosto recostado sobre os joelhos. Ela esperava lá sentada havia sete anos, e levantou a cabeça quando Musguento se aproximou. Era Novelo! Seus cabelos batiam nos pés e ondulavam como o mar sem vento sobre a vasta orla de areia. Seu rosto era lindo, como o rosto da avó, e era tão tranquilo e pacífico quanto o rosto do Velho do Fogo. Ela era alta e nobre. Musguento a reconheceu de imediato.

– Você está linda, Novelo! – exclamou ele, surpreso e satisfeito.

– Estou? – ela respondeu. – Esperei por tanto tempo... Mas você se parece com o Velho do Mar. Não. Você se parece com o Velho da Terra. Não, não. Você se parece com o homem mais velho do mundo. Você se parece com todos eles, e mesmo assim ainda é o meu velho Musguento! Como chegou aqui? O que fez depois que nos perdemos? Encontrou a fechadura? Ainda carrega a chave consigo?

Ela tinha cem perguntas a fazer, e ele tinha outras cem a fazer a ela. Eles contaram sobre suas aventuras e estavam tão felizes quanto um homem e uma mulher poderiam estar, pois estavam mais jovens, melhores, mais fortes e mais sábios do que jamais haviam sido.

Eles queriam mais do que nunca encontrar o país onde vinham as sombras, então, olharam ao redor em busca de uma saída da caverna. A porta pela qual Musguento havia entrado havia se fechado novamente e havia metade de um quilômetro de rochas entre eles e o mar. Novelo também não conseguia encontrar a abertura no chão pela qual a serpente a havia guiado até lá. Eles buscaram até que ficou tão escuro que não podiam ver mais nada e, então, desistiram.

Após algum tempo, no entanto, a caverna começou a brilhar novamente. A luz vinha da lua, mas não parecia a luz do luar, pois cintilava através daqueles sete pilares e preenchia o lugar com todas as cores. Agora, Musguento enxergava que havia um pilar ao lado do pilar vermelho, o qual ele não tinha visto antes. A nova cor era idêntica àquela quando ele avistou o arco-íris pela primeira vez, na floresta das fadas, e sobre ela, Musguento via uma faísca azul. Eram as safiras ao redor da fechadura.

Ele apanhou a chave, e ela girou na fechadura seguida do som de música eólica. Uma porta com dobradiças se abriu lentamente e mostrou uma escada sinuosa em seu interior. A chave sumiu de seus dedos. Novelo subiu as escadas, Musguento a seguiu. A porta se fechou atrás deles. Eles escalaram e saíram da terra firme, e continuaram escalando cada vez mais alto. Eles estavam no arco-íris. Lá em cima, sobre o oceano e a terra, eles viam a Terra através de suas paredes transparentes, abaixo de seus pés. Escadas e mais escadas se entrelaçavam, e lindos seres de todas as idades as escalavam junto a eles.

Eles sabiam que estavam caminhando na direção do país de onde vinham as sombras.

E, nesse momento, creio que já devem ter chegado lá.